Una boda precipitada

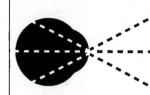

This Large Print Book carries the
Seal of Approval of N.A.V.H.

Una boda precipitada

Martha Shields

Thorndike Press • Waterville, Maine

Published in 2003 by arrangement with Harlequin Books, S.A.
Publicado en 2003 en cooperación con Harlequin Books, S.A.

Thorndike Press Large Print Spanish Series.
Thorndike Press La Impresión grande la Serie española.

The tree indicium is a trademark of Thorndike Press.
El símbolo del árbol es una marca registrada de Thorndike Press.

The text of this Large Print edition is unabridged.
El texto de ésta edición de La Impresión Grande está inabreviado.

Other aspects of the book may vary from the original edition.
Otros aspectros de éste libro podrían variar de la edición original.

Set in 16 pt. Plantin.
Impreso en 16 pt. Plantin.

Printed in the United States on permanent paper.
Impreso en los Estados Unidos en papel permanente.

Library of Congress Cataloging-in-Publication Data

Shields, Martha.
    [And cowboy makes three. Spanish]
    Una boda precipitada / Martha Shields.
       p. cm.
    "Harlequin Julia."
    ISBN 0-7862-5019-4 (lg. print : hc : alk. paper)
    1. Large type books. I. Title.
PS3569.H4838 A83 2003
 813'.54—dc21   2002072118

Capítulo 1

UN hijo! —exclamó Claire Eden—. ¿Me está diciendo que necesito tener un hijo?

La doctora Freeman extendió sus elegantes manos sobre la gran mesa de caoba.

—¿No piensa tenerlos?

—Bueno, sí, quizás algún día, pero...

—Si no es al año que viene, es mejor que lo olvide.

Un enorme reloj biológico apareció ante Claire. Había oído hablar de ese proverbial cronómetro, pero nunca había escuchado su tic-tac. Hasta ese momento. Sonaba tan fuerte como un trueno.

Miró la lluvia que se deslizaba por las ventanas del despacho de la doctora en el piso veintisiete, y la visión se desvaneció. Lo que había sonado era un trueno de verdad. Claire había visto espesos nubarrones sobre las Montañas Rocosas mientras una grúa se llevaba su coche. La lluvia había comenzado a caer cuando atravesaba en taxi el centro de la ciudad, y le había empapado las zapatillas deportivas y la falda al correr hacia el edificio, luchando contra los empleados que salían al final de la jornada. Afortunadamente, la doctora Freeman la había esperado.

—Su estado irá a peor, Claire —afirmó la doctora.

—¿No hay alguna píldora o algo? Pensaba que iba a recetarme algo para el dolor, no que iba a ponerme una bomba de relojería.

—Una buena descripción. Sí, le voy a recetar unas píldoras, pero no le garantizo nada. Un embarazo, en cambio, lo arreglaría todo. En casos como el suyo, reduciría mucho el tejido endometrial.

—Sí, bueno, para usted es muy fácil decir «tenga un hijo». Usted tiene marido y tres niños. Yo no estoy casada. Ni siquiera tengo novio.

—Puede recurrir a la inseminación artificial.

—Pero eso cuesta muchos miles de dólares. Y ya me imagino la reacción de mis hermanos si me quedo embarazada sin casarme. Tomarían el primer avión hacia Denver con las pistolas cargadas, solo para descubrir que el responsable es un tubo de ensayo —dejó escapar un débil suspiro—. ¿Qué puedo hacer?

—Sé que es una decisión muy difícil —dijo la doctora Freeman, con una sonrisa comprensiva.

—Y a mi amigo y socio, Jacob Henry Anderson, le lego el resto de mis bienes, incluyendo la plena propiedad del rancho Rocking T y todo los beneficios de mis inversiones en el momento de mi muerte. Si Jacob Anderson no me sobrevive, lego...

Un trueno sofocó la voz del abogado. Sus palabras retumbaron en el cerebro de Jake Anderson. Se había convertido en propietario del Rocking T. El abogado continuó, pero Jake dejó de escucharlo. Hasta ese momento, no se había dado cuenta de lo que significaba la muerte de Alan.

Miró hacia la ventana, buscando el Rocking T a través de la lluvia que caía sobre Denver a aquella hora punta de la tarde. Aunque el rancho estaba a casi doscientos kilómetros de aquel edificio de oficinas del centro de la ciudad, lo vio tan claramente como si sus praderas se extendieran justo debajo del piso treinta y tres.

El Rocking T lindaba con su propio rancho, el Bar Hanging Seven. Cinco generaciones de Townsend y Anderson habían vivido en aquellos ranchos, hasta que Alan y Jake tuvieron que convertirse en directivos de empresa para salvar sus hogares.

Un aneurisma. ¿Qué forma de morir era esa? Alan estaba pasando uno de sus fines de semana salvajes con una chica, y había muerto de manera fulminante. Sin oportunidad de poner sus asuntos en orden, sin oportunidad de... ¿de qué? ¿De fundar una familia para que el Rocking T siguiera siendo de los Townsend? ¿Para que así su muerte le importara a alguien más? Solo Jake había llorado en su funeral.

«¿Quién me lloraría si yo muriera? ¿Qué pasaría con el Bar Hanging Seven?», pensó.

Alan y él habían estado tan ocupados ganando dinero, que habían olvidado por qué lo hacían. Se habían convertido en magnates, cuando, en realidad, solo habían querido ser vaqueros.

Claire apretó el botón de llamada del ascensor y apoyó la frente contra la fría pared de mármol.

¡Qué día tan horrible! Primero, se le había averiado el coche cuando iba de camino al médico. Luego, se había empapado al salir del taxi. Y ahora, aquello. Un hijo. ¡Qué espanto!

No era que no deseara tener un hijo. Lo deseaba, y mucho. De hecho, si su vida hubiera seguido el esquema previsto, ya tendría un marido y tres hijos. Y a los treinta años, aunque no sería rica, tendría una buena posición económica.

Tenía casi veintiocho. No hacía falta que se preguntara cómo se le habían escapado los años. Lo sabía. En vez de encontrar un trabajo de contable en una gran empresa, como soñaba cuando estaba en la universidad, había aceptado un empleo en una pequeña asesoría familiar de Denver. Más que nada, para escapar de sus hermanos.

Cuando aceptó el trabajo, se lo planteó como el primer paso en su carrera. Pero, una vez allí, se dio cuenta de que le gustaba la pequeña empresa familiar porque sus clientes eran personas, no corporaciones. Le gustaba tratar directamente con la gente, y el ambiente de trabajo era bueno. Sus compañeros de Whitaker y Asociados eran amables y generosos. Y podía llevar pantalones vaqueros, si quería. El problema era que no pagaban mucho.

Las luces se apagaron. Claire se puso tensa y suspiró con alivio cuando volvieron a encenderse. No podría soportar la oscuridad en ese momento.

El botón del ascensor se había apagado y volvió a pulsarlo.

No le gustaba la idea de la inseminación artificial, pero, ¿qué otra opción tenía? ¿Casarse con uno de aquellos vaqueros amigos de sus hermanos, solo para quedarse embarazada? Ni hablar. ¿Escoger a un hombre en un bar y llevárselo a casa para una noche de pasión desenfrenada? Le dio un escalofrío al pensarlo. Tal vez si tuviera más experiencia al respecto... Pero nunca había sentido la pasión desenfrenada, ni la pasión de ninguna clase. No es que se estuviera reservando. Simplemente, no había dado con el hombre adecuado. Además, si elegía a uno en un bar, ¿quién sabía qué herencia genética tendría? No, no podía hacer eso.

La otra opción, renunciar a tener hijos, solo la consideró un instante. La familia era importante para ella, aunque sus hermanos la volvían loca en su afán de protegerla. Debía intentar quedarse embarazada, y tenía que hacerlo pronto. Considerando sus opciones, la inseminación artificial era la única solución.

El problema era que no tenía bastante dinero. Pero, si conseguía un empleo en una empresa que pagara bien, podría ahorrar lo necesario en unos seis meses. Odiaba la idea de dejar Whitaker y Asociados, pero la única forma de conseguir dinero rápidamente era trabajar en una gran empresa.

Las puertas cromadas del ascensor se abrieron con un dindón. Claire hizo amago de entrar, pero se detuvo bruscamente, con los ojos como platos. El ascensor no estaba vacío. En medio, había un hombre de pelo y ojos negros como la noche. Llevaba un traje de color gris oscuro, muy caro, y su expresión era dura y fría como el mármol.

Claire lo reconoció en seguida por las fotografías que había visto hacía poco en una revista. Jacob Anderson. El dueño de Inversiones Pawnee, junto a su socio, Alan Townsend. El artículo de la revista estaba dedicado al señor Townsend, un hombre increíblemente guapo por el que las otras contables de Whitaker y Asociados habían suspirado durante semanas. A Claire no le había interesado en absoluto el señor Townsend cuando vio una fotografía suya vestido de vaquero. En cambio, se había fijado en unas fotos de Jacob Anderson. Aunque no era tan guapo como su socio, había en sus ojos una expresión casi de... soledad. Claire había fantaseado vagamente con remediar esa soledad. Pero aquel hombre inmensamente rico era inalcanzable para ella.

11

Sin embargo, un trabajo en su empresa quizá no lo fuera tanto.

La oportunidad había salido a su encuentro. Allí mismo, en el ascensor.

Pawnee no era una gran corporación. Tenía unos cincuenta empleados, pero la mitad de ellos eran contables. Y, lo que era más importante, eran los mejor pagados de Denver. Según el artículo, Jacob Anderson se encargaba de las inversiones y Alan Townsend de la administración.

Mientras Claire seguía inmóvil, las puertas del ascensor comenzaron a cerrarse en sus narices. Él alargó el brazo para pararlas y alzó una ceja.

—¿Baja?

Claire volvió bruscamente a la realidad. Durante una fracción de segundo, pensó en esperar el siguiente ascensor. No iba vestida para pedir trabajo. Tenía los zapatos empapados por la lluvia, el pelo revuelto y, probablemente, el maquillaje corrido, si es que le quedaba algo. No iba a darle precisamente una buena impresión.

Sin embargo, aquella oportunidad era demasiado providencial para dejarla escapar. Tal vez él pudiera conseguirle una entrevista con Alan Townsend, que se encargaba de contratar a los contables de Inversiones Pawnee.

Murmuró un rápido «gracias» y subió al ascensor. Él era más guapo que en las fotos de la revista, aunque no en un sentido clásico. Tenía la cara un poco alargada, la nariz ligeramente aguileña, pómulos altos y un hoyuelo en la barbilla. Se parecía a uno de esos halcones que volaban sobre el rancho de Wyoming donde ella había crecido.

El ascensor comenzó a bajar.

Aquel hombre difundía una sensación de poder que llenaba el pequeño ascensor. A Claire se le aceleró el corazón. Serían los nervios, seguramente. No el impresionante aspecto de aquel hombre.

—¿Al parking?

Aquella voz profunda la sobresaltó.

—¿Perdón?

Él señaló la hilera de botones, uno de los cuales estaba iluminado.

—Al vestíbulo, por favor.

Claire se puso colorada. Había sido sorprendida pensando en el cuerpo de Jacob Anderson. ¿Qué le ocurría? Ella no era de esa clase de chicas.

Qué impresión le estaba dando. Y tal vez no tendría ocasión de darle otra. ¿Debía presentarse en ese momento y quedar como una completa idiota, o esperar y confiar en que le iría mejor con el señor Townsend, si es que conseguía una entrevista?

No, aquel ascensor era un regalo del destino. Si quería tener un hijo, debía aprovechar la oportunidad. No importaba lo guapo que fuera aquel hombre. Lo importante era que tenía libros de cuentas. Sin pensarlo, le tendió la mano.

—Señor Anderson, quisiera presentarme. Soy Claire Eden,. contable en Whitaker y Asociados.

Él se giró para mirarla. Sus ojos castaños la recorrieron de arriba abajo. Claire sabía que no tenía buen aspecto después de la carrera que se había dado bajo la lluvia, y aquella mirada la puso furiosa. Siguió con la mano extendida, pero se le congeló la sonrisa.

—Por favor, disculpe mi aspecto, pero me ha sorprendido la tormenta. No suelo abordar a la gente en los ascensores, señor Anderson, pero me gustaría trabajar en Inversiones Pawnee y me preguntaba si usted podría concertarme una cita con el señor Townsend.

—Usted no lee los periódicos, ¿verdad? —preguntó él, con el rostro crispado.

Como, evidentemente, no iba a darle la mano, Claire la retiró.

—He estado fuera de la ciudad los tres últimos días. ¿Por qué?

—¿Puedo saber qué haría usted en esa cita, señorita Eden?

Confusa, ella respondió cautelosamente:

—Le mostraría cómo, con mi ayuda, puede hacer mejor uso del dinero de la empresa.

—La respuesta es no.

Ella parpadeó.

—¿No? ¿Así, sin más?

—Así, sin más.

Claire nunca había conocido a un hombre tan grosero. Ni siquiera sus hermanos eran tan arrogantes. Se le ocurrieron algunas réplicas mordaces, pero se mordió la lengua.

—¿Puedo preguntar por qué? —dijo, diplomáticamente.

—Puede preguntarlo.

Claire se quedó atónita, pero solo un segundo. Con dos hermanos vaqueros, tenía mucha experiencia en bajarles los humos a hombres como aquel. Se disponía a hacerlo cuando, de pronto, se fue la luz y el ascensor se paró, dando una fuerte sacudida. Claire perdió el equilibrio. Él la sujetó, pero dio de espaldas contra la pared del ascensor. Los dos se tambalearon y cayeron al suelo. Claire aterrizó encima de él, con las piernas enredadas en las suyas y la frente contra su barbilla.

Una luz tenue se encendió sobre sus cabezas. Ella se incorporó lentamente, apoyándose sobre una mano, mientras con la otra se retiraba el pelo de la cara.

—¿Qué ha pasado?

—Aj... aj...

La caída le había cortado la respiración. A Claire le entró el pánico. No podía perder a aquel hombre. Le abrió la camisa haciendo saltar los botones y comenzó a darle un masaje en el pecho.

—¡Respire! ¡Vamos, vamos! ¡Respire!

Por fin, entró aire, en sus pulmones. Cuando comenzó a boquear, Claire se sentó, aliviada.

—¡Diablos! —él cerró los ojos y reclinó la cabeza contra la pared del ascensor. La rápida actuación de aquella mujer le había evitado unos angustiosos momentos de asfixia—. Gracias por el masaje.

—¿Qué ha pasado? ¿Cree que la tormenta ha averiado el transformador? —preguntó ella, asustada.

—Seguramente —dijo él, encogiéndose de hombros—. No se preocupe, todo irá bien.

—¿Bien? Podemos estar horas encerrados.

—Señorita Eden, lo último que necesitamos es un ataque de pánico.

—No se ponga paternal conmigo —contestó ella, entornando los ojos—. No soy una niña.

—Pues no se comporte como tal —dijo él ásperamente.

—¡Es usted un grosero y un arrogante! Es igual que mis hermanos. No, es diez veces peor que ellos. Al menos, ellos se preocupan por la gente. Yo no podré tener un hijo, pero ¿a usted qué le importa? Usted posee la mitad del dinero de Colorado. Podría tener miles de hijos.

—¿De qué habla?

—A usted no le importa que se me haya averiado el coche, ni que necesite miles de dólares para quedarme embarazada o nunca podré tener hijos. No le importa que mis hermanos me llamen prácticamente todos los días para decirme que me case con algún vaquero. Usted... —su diatriba acabó con un hipido.

De pronto, se le aclaró la vista. Entonces lo miró, horrorizada.

Capítulo 2

JAKE se dio cuenta de que, posiblemente, estaría encerrado durante horas con una loca. Una encantadora lunática que quería un empleo. Todo el mundo quería algo de él. Últimamente, se sentía acechado por una bandada de buitres.

Apoyó las manos en el suelo para levantarse, pero la mujer estaba sentada sobre él.

—Oh, perdón... —ella se puso de pie de un salto.

Él se incorporó, se alisó un poco la ropa y buscó el teléfono de emergencia del ascensor.

—No puedo creer que me haya puesto así con usted —comenzó a decir ella en voz baja—. Nunca había perdido el control de esa manera, salvo con mis hermanos. Es que he tenido un día realmente horroroso y... —se interrumpió—. Pero a usted no le interesan mis problemas. Solo puedo decir que lo siento.

—Acepto sus disculpas —dijo él, sorprendido, mientras abría un pequeño panel debajo de los botones del ascensor y sacaba el teléfono. Le respondió una voz femenina. Después de contestar a unas preguntas, Jake lanzó una maldición y colgó el aparato.

—¿El transformador? —preguntó aquella joven mujer, cuyo nombre era Claire.

—Sí. Han llamado al servicio de reparaciones. Podría tardar una hora, o cuatro o cinco. Hay apagones en toda la ciudad.

—Claro, ¿por qué no? El final perfecto para un día perfecto.

—¿Perdón?

—Nada.

De pronto, Jake sintió curiosidad por aquella frágil figura, vapuleada y desvalida. Era más alta que la mayoría de las mujeres, solo unos pocos centímetros más baja que él, que medía un metro ochenta y tres. En la penumbra del ascensor, no podía distinguir el color exacto de su pelo, pero era oscuro y liso y los mechones que se le habían escapado de la trenza le llegaban a los hombros. Su piel parecía pálida, casi traslúcida. Sus pómulos altos enmarcaban una boca de labios carnosos. No era la cara de una modelo, pero sus facciones regulares poseían una dulce belleza.

Jake sintió la repentina necesidad de preguntarle por aquel día «perfecto». Hacía mucho tiempo que no sentía la elemental preocupación de un ser humano por otro. Pero, ¿por qué debía preocuparse por una mujer que le había gritado sin razón? Sin embargo, ella se había disculpado. ¿Y cuánta gente se atrevía a gritarle a él?

—Mirar fijamente es una grosería —lo acusó ella, de pronto.

Él tardó un poco en reaccionar.

—¿Y qué esperaba de ...? ¿Cómo era? ¿Un tipo grosero y arrogante como yo?

Ella dio un respingo al recordarlo.

—Siento haberle dicho eso. Es que usted me recuerda a mis hermanos. Lo siento.

—No se preocupe.

—No, de veras. No suelo perder así el control. No sé qué...

—Alan Townsend ha muerto.

Claire se quedó pasmada.

— ¡No!

Él asintió.

—¿Cuándo? ¿Cómo? Tenía la misma edad que usted.

—Sabe muchas cosas de nosotros, ¿no? —preguntó él, entornando los ojos.

—Alguien llevó una revista a... No importa. Por favor, señor Anderson, no lo sabía. Debe creerme. He estado haciendo una auditoría fuera de la ciudad los tres últimos días. No he leído los periódicos de Denver desde el lunes.

Su expresión compungida convenció a Jake de que decía la verdad.

—Murió en Aspen antes de ayer. Sufrió un aneurisma. Se levantó de madrugada para ir al cuarto de baño y cayó muerto.

Ella se puso pálida.

—Y yo gritándole a usted... Y usted... —cerró los ojos—. Oh, lo siento mucho.

Jake había oído aquellas palabras una y otra vez en los últimos dos días. Pero, por primera vez, se las creyó. La preocupación de aquella mujer tocó alguna fibra sensible en su interior. Se sintió reconfortado y sintió deseos de reconfortarla también a ella.

¡Diablos! Ella lo había conmovido otra vez. Tenía que salir de allí inmediatamente, antes de hacer una tontería. Pero no podía. Estarían encerrados durante Dios sabía cuánto tiempo. Al menos, debía desviar la conversación de la muerte de Alan. Ese tema era demasiado doloroso.

—Escuche —dijo, intentando ocultar su angustia—. Puede que estemos un buen rato encerrados aquí. Vamos a sentarnos y usted me contará sus ideas sobre Inversiones Pawnee.

—¿Bromea?

—No, se lo aseguro.

—¿Después de lo que he hecho? No puedo... — ella sacudió la cabeza con vehemencia—. Debería usted darme una patada y hacerme retroceder varios peldaños en la escala evolutiva.

—Complázcame, y ya me pensaré si le doy esa patada —sonrió él, divertido.

—He metido la pata hasta el fondo y, ¿usted quiere empeorarlo hablando de negocios?

—Hablar de negocios me distrae y, después de su metedura de pata, es su obligación distraerme, ¿no cree? Además, ¿por qué no aprovechar el tiempo? Como Alan ha muerto, tendré que ocuparme de la contabilidad. Quiero asegurarme de que mis contables saben lo que hacen.

Si hubiera podido, Claire habría salido corriendo despavorida del ascensor.

—Yo... no tengo suficiente información sobre su empresa para hablar con fundamento ahora mismo...

—Tenga —él dobló con cuidado su chaqueta y se la tendió—. Siéntese.

Claire miró confusa la chaqueta.

—No va a morderla —dijo él con impaciencia.

—No puedo sentarme encima de su chaqueta —balbució ella.

—¿Por qué no?

—Probablemente, vale más que yo.

—Ya lo veremos —dijo él ásperamente—. Vamos. Siéntese.

Ella se quedó atónita por su cambio repentino: de tierno a dominante en una fracción de segundo. Si no hubiera sabido quién era, lo habría tomado por un vaquero.

—¿Y si prefiero quedarme de pie?

—No sea ridícula. Puede que estemos aquí toda la noche.

Ella alzó la barbilla.

—¿Toda la noche? No será tanto tiempo.

—Seguramente, no. Pero nunca se sabe.

Claire frunció el ceño.

—De acuerdo. Me sentaré.

Cuando se sentó sobre la chaqueta, un cálido aroma masculino inundó sus sentidos. El se sentó en el suelo frente a ella. De pronto, el pequeño espacio en penumbra pareció insoportablemente íntimo. Él lo llenaba todo con su presencia. Claire cerró los ojos y se estrujó el cerebro para decir algo brillante, pero incluso entonces siguió percibiendo su cercanía.

—¿Siempre es tan testaruda? —preguntó él suavemente.

—No me gusta que me digan qué puedo o no puedo hacer —respondió ella, encogiendo las piernas.

—Entonces no debe de ser usted una buena empleada, ¿no?

—Soy una empleada excelente —replicó ella, alzando la barbilla.

—Bien —sonrió él—. ¿Qué estaba diciendo?

Claire se sintió como si le fueran a hacer un examen. Respiró hondo y comenzó a hablar.

Él la escuchó con interés, haciéndole de vez en cuando preguntas comprometidas sobre algún detalle que ella había pasado por alto. Con la conversación, Claire pronto se olvidó de su ropa chafada, de la reparación de su coche y del hijo que quería tener.

Reclinado contra la pared del ascensor, Jake la miraba fascinado. Recordaba una época en la que él también podía hablar durante horas con entusiasmo sobre los resquicios de las leyes fiscales. Pero eso había sido hacía años. Antes de perder la cuenta del dinero que poseía. Antes de tener que defenderse de la gente que quería arrebatarle parte de su dinero y parte de él también. Antes de la muerte de Alan.

No había podido concentrarse en nada desde que la amiguita de Alan lo había llamado para decirle que su mejor amigo iba a ser trasladado en avión a Denver. Jake corrió al hospital, pero Alan llegó muerto. La impresión de ver su rostro frío y exangüe lo había dejado paralizado durante una semana. También él había comenzado a sentirse medio muerto. Pero no se había dado cuenta hasta ese momento.

Heredar el Rocking T le había hecho pensar en cómo se había descarriado su vida. Cinco generaciones de Townsend habían vivido en ese rancho, al igual que cinco generaciones de Anderson habían vivido en el Bar Hanging Seven. Jake quería dejarle su hogar a sus hijos. El problema era que no tenía hijos.

La muerte de Alan había sido como un mazazo. ¿Qué pasaría si él muriera? La dinastía Anderson de Pawnee, Colorado, se extinguiría, como se había extinguido la dinastía Townsend. Jake no podía consentirlo. Pero no sabía qué demonios hacer al respecto.

Por el momento, dejó que la suave voz de Claire lo distrajera de sus mórbidos pensamientos. Al principio, solo escuchó a medias lo que ella decía, mientras miraba sus ojos brillantes y sus manos expresivas. En el rato que llevaban encerrados en el ascensor, la había visto asustada, sonriente, enfadada, arrepentida, insegura y triste. Todos aquellos cambios lo fascinaban. Parecía tan llena de vida... No como las mujeres que solía conocer: sofisticadas, frías y sin sentido del humor.

Sonrió al recordar cómo le había gritado ella. El único que lo había hecho en los últimos diez años había sido Alan. Todos los demás lo trataban con un falso respeto, debido a su dinero.

De pronto, recordó lo que había dicho Claire. «Necesito miles de dólares para quedarme embarazada o nunca tendré hijos». ¿Qué demonios había querido decir con eso?

Antes de que pudiera reflexionar sobre ello, algo que Claire estaba diciendo sobre un aumento de liquidez captó su atención. Hizo una pregunta que ella respondió con facilidad. Luego, Claire continuó impresionándolo con sus conocimientos sobre cambio de divisas e inversiones.

Por fin, volvió la luz y la conversación que estaban manteniendo se interrumpió.

—Ha vuelto la luz —dijo ella.

Jake percibió un tono de disgusto en su voz y se dio cuenta de que a él también le molestaba.

—Son las diez y veinte —dijo, mirando el reloj—. Hemos estado encerrados más de dos horas y media.

—¿Tanto? No me he dado cuenta... Oh, nos movemos.

Ella se levantó y recogió la chaqueta. La sacudió suavemente y se la tendió a Jake. Él se incorporó y la agarró lentamente. No deseaba perder el halo de intimidad que se había creado entre los dos. Le parecía que conocía a Claire Eden mejor que a nadie... incluyendo a Alan. La idea le sorprendió.

—Me está mirando fijamente otra vez —dijo ella suavemente.

Bajo el resplandor de los fluorescentes, Jake descubrió que era tan bonita como se había imaginado en la penumbra. Tenía el pelo castaño, los ojos de un azul celeste y la piel tersa y blanca.

—¿Y eso la molesta?

—No es muy cortés de su parte mirarme así —dijo ella, estremeciéndose—. ¿A qué nivel del parking iba?

—Al uno.

Cuando ella apretó el botón, sonó el teléfono de emergencia. Claire lo sacó de detrás del panel.

—¿Hola?... Sí, estamos bien... De acuerdo —colgó el teléfono—. Alguien nos espera en el vestíbulo.

—Quieren asegurarse de que no les vamos a demandar. Bueno, ¿cuándo continuamos nuestra conversación?

Ella lo miró sorprendida.

—¿Quiere oír más?

—Todavía no hemos hablado de los impuestos —sonrió él—. ¿Qué le parece si cenamos juntos mañana?

—Yo...

El ascensor se detuvo y las puertas se abrieron. Un hombre trajeado y con expresión preocupada los saludó e insistió en que lo acompañaran a la oficina para rellenar unos formularios. Jake le dio su tarjeta a aquel hombre.

—Mande esos formularios a mi oficina mañana. Le diré a mi abogado se ocupe de ellos. Nosotros nos vamos a casa ahora mismo.

El hombre miró la tarjeta, se puso pálido y, por fin, se marchó.

—La acompaño hasta su coche —dijo Jake, poniéndose la chaqueta—. ¿Dónde lo tiene aparcado?

—Vine en taxi. Mi coche decidió que la tormenta de hoy era una buena ocasión para dejarme tirada.

—Entonces, la llevaré a casa —dijo él, mientras pulsaba el botón de llamada del ascensor.

—No se preocupe. Tomaré otro taxi.

—No. Yo la llevaré.

Ella alzó barbilla. Jake había notado que eso significaba que iba a ponerse a discutir. Para evitarlo, señaló hacia las ventanas.

—Todavía llueve. Un caballero no permitiría que una mujer esperara un taxi bajo la lluvia.

—No necesito que ningún caballero cuide de mí. Tengo dos brazos, dos piernas y un cerebro, igual que usted.

Él sonrió. Nadie lo había tratado así, como si fuese un hombre cualquiera, en mucho tiempo. Hasta ese momento, no se había dado cuenta de cuánto lo echaba de menos.

—La voy a llevar a casa porque tengo coche y usted no. ¿De acuerdo?

—¿Cree que va a protegerme del hombre del saco? Vivo sola desde hace casi siete años y nadie me ha raptado todavía.

Las puertas del ascensor se abrieron.

—No debe ir sola de noche por el centro de Denver. Por favor...

Ella lo miró con los ojos entornados, haciendo un visible esfuerzo por relajarse.

—De acuerdo. Lo siento. Parece que usted hace salir lo peor de mí... igual que mis hermanos —entró en el ascensor y se giró hacia la hilera de botones—. Nivel uno, ¿no?

Él asintió y entró en el ascensor. No hablaron durante el corto descenso. Cuando salieron, Jake le puso la mano en la espalda para guiarla hacia su coche, pero ella se apartó, dando un respingo.

—¿Este es su coche? —preguntó Claire mientras él le abría la puerta de un todoterreno verde oscuro.

—Sí. ¿Pasa algo?

—No, solo que pensaba que tendría una limusina, o un Mercedes, por lo menos.

—Pues no.

Jake cerró la puerta y dio la vuelta para sentarse al volante. Encendió el motor y salieron a las calles mojadas. La dirección de Claire fueron las únicas palabras que pronunciaron hasta que él detuvo el coche frente a un edificio de apartamentos.

—Ha estado muy callada.

—No quería distraerlo —dijo ella, buscando el cierre de la puerta del coche—. Gracias por traerme.

—La recogeré mañana a las siete y media.

Ella se quedó parada.

—Eso parece una cita.

—Tengo que asistir a una fiesta benéfica y debo ir acompañado. ¿Por qué no combinar el placer y los negocios?

—Por muchas razones.

—Dígame tres.

—Si tenemos una cita, usted pensará en mí como mujer.

—Es difícil no hacerlo —sonrió él—,

teniendo en cuenta que es usted una mujer. ¿Segunda razón? Ella frunció el ceño.

—Si piensa en mí como mujer, no me tomará en serio como contable.

—No es cierto. Ya ha visto que la he tomado en serio esta noche. Dos razones descartadas. Queda una.

Ella desvió la mirada.

—A mí... nunca se me han dado bien las citas. Alex, mi cuñada, dice que asusto a los hombres a propósito... Verá, si tenemos una cita, muy pronto yo no le gustaré, o usted no me gustará, y eso hará muy difícil que trabajemos juntos. Suponiendo que me contrate, claro.

—¿Lo hace? —preguntó él tranquilamente—. ¿Asusta a los hombres a propósito?

—Mire, no quisiera...

—Responda a la pregunta.

—Probablemente —suspiró ella—. Al menos, lo hacía en el instituto y en la universidad, porque allí solo había vaqueros con la cabeza llena de heno. Y, desde que vivo en Denver, no he conocido a ningún hombre que me guste.

Jake apreció su sinceridad.

—Quedo advertido. Pero, le diré algo... Yo no me asusto fácilmente.

—No. No creo que lo haga —dijo ella, apartando la mirada. Volvió a buscar el cierre de la puerta, pero él la agarró del brazo.

—Una pregunta más. ¿Qué quería decir con eso de que necesita dinero o no podrá tener hijos?

Capítulo 3

DIOS mío. No puedo haberle dicho eso. ¿O sí? —dijo Claire.

—En realidad, me lo gritó.

Ella se acordó de repente y, suspirando, reclinó la cabeza contra el asiento.

—No puedo creer que se lo haya contado. Debía de estar fuera de mí.

—¿Es cierto?

Claire pensó un instante en mentirle, pero vio en su rostro una expresión de sincera preocupación.

—Por desgracia, sí. Pero no puedo contárselo. Es demasiado personal.

—Bueno, yo soy una persona.

Aquel hombre no solo era un extraño, sino que era Jacob Anderson, uno de los tipos más ricos de Colorado. Su futuro jefe, con suerte. No podía aburrirlo con su historia clínica.

—¿Por qué quiere saberlo?

—Considérelo la preocupación natural de un amigo —dijo él, agarrándola de la mano.

¿Jacob Anderson, un amigo? Aquel hombre no tenía amigos como ella. Se codeaba con directores de multinacionales, senadores, y hasta presidentes.

—Nosotros no somos amigos —dijo Claire, apartando la mano—. Hace cuatro horas, ni siquiera nos conocíamos.

—Entonces, ¿qué somos?

—Compañeros de trabajo —dijo ella, observando su rostro en la penumbra—. Espero.

—Los compañeros de trabajo pueden ser amigos. Mi mejor amigo es... era mi socio.

Cualquier otra persona no habría percibido la tristeza que había en sus palabras. Pero Claire tenía dos hermanos vaqueros. Estaba acostumbrada a tratar con hombres que ocultaban sus emociones. De pronto, le pareció que conocía a Jacob Anderson de toda la vida. Pero aquello era absurdo. Acababa de conocerlo. Así es que, ¿por qué sentía la necesidad de agarrar la mano que acababa de rechazar?

—Conocía a Alan Townsend desde hacía mucho tiempo, ¿verdad?

—Eramos amigos desde niños. Cabalgábamos como demonios por las colinas de nuestros ranchos. Era la única persona en quien podía confiar. ¿Comprende ahora por qué necesito un amigo?

—Lo que no comprendo es por qué me ha elegido a mí. Usted debe de tener cientos de amigos, con todas esas fiestas benéficas a las que va.

—Tengo cientos de conocidos. Hay una diferencia.

Claire asintió. Ella conocía esa diferencia. Desde que vivía en Denver, las únicas personas con las que tenía amistad eran sus compañeros del trabajo, y raramente salía con ellos.

—Ahora, volvamos a mi pregunta inicial... ¿Por qué necesita dinero para tener un hijo?

—De acuerdo —resopló Claire, y le contó a grandes rasgos su situación. Por último, dijo—. No peligra mi vida, solo mi fertilidad.

—¿Y para qué necesita el dinero?

—La inseminación artificial es muy cara —respondió ella, sonrojándose.

—¿Va a tener un niño probeta?

—¿Qué otra opción tengo?

Jake se quedó un momento en silencio y luego preguntó:

—Pero, ahora puede tener hijos, ¿no?

—Sí, pero conviene que me dé prisa —lo miró—. Bueno, ¿he satisfecho su curiosidad? ¿Puedo irme ya?

Jake la miró fijamente. Le apetecía sorprenderla con la loca ocurrencia que le rondaba la cabeza desde hacía una hora. Toda aquella situación parecía llevar escrita la palabra «Destino» en letras mayúsculas: su deseo de tener un heredero antes de que fuera demasiado tarde, la necesidad de Claire de tener un hijo y su ambición de trabajar para él...

Todo parecía combinado por la fuerza de los hados.

Jake se sentía bien, igual que justo antes de cerrar sus negocios más lucrativos. Pero, en los negocios, tenía una regla de oro: nunca iba a ciegas. Nunca hablaba de un nuevo proyecto hasta que tenía todos los datos, había sopesado todos los pros y los contras y pensado en todas las probabilidades de fracaso. Y no iba a empezar ahora a romper esa regla.

Se volvió hacia el asiento trasero para buscar un paraguas y salió del coche para abrirle la puerta a Claire.

—¿Está usted seguro de que no es un vaquero? —preguntó ella, muy irritada, mientras bajaba del coche.

—¿Por qué?

—Tengo dos brazos y dos piernas, ¿sabe? Puedo abrir la puerta del coche y caminar por mi propio pie.

—Pero no tiene paraguas, ¿no? Y este es el único que llevo en el coche.

Jake le puso la mano en la cintura para mantenerla bajo el paraguas. Por la expresión de sus ojos, supo que Claire había sentido la misma sacudida que él al tocarla. Un momento después, resguardados bajo el porche del edificio de apartamentos, Jake dijo:

—La recogeré mañana a las siete y media.

—No he dicho que iría con usted —respondió ella, mirándolo de frente.

—Bueno, si no quiere el trabajo...

—No juega limpio, ¿lo sabe? —dijo ella, suspirando—. De acuerdo, iré. ¿Qué debo ponerme?

—Es una fiesta de etiqueta —oyó que ella gruñía—. ¿Algún problema?

—No —rezongó ella—. A las siete y media. Mañana. De etiqueta. Me encanta.

—Hasta entonces.

Ella abrió la puerta y, ya en el umbral, dijo:

—Gracias por traerme. Y por escucharme.

Él se inclinó hacia ella, pero se detuvo.

—Ha sido un placer, se lo aseguro.

—Buenas noches —dijo Claire, y cerró la puerta de golpe, como si temiera que él fuera a besarla.

Jake se quedó parado ante la puerta unos segundos. ¿A qué sabría ella? Se moría de ganas de averiguarlo. Sonrió, y volvió corriendo al coche. Cuando arrancó, se dio cuenta de que, por primera vez en años, deseaba que llegara el día siguiente. Tenía muchas cosas que hacer.

Riiiiiiiiinnnnnngg. Riiiiiiiiinnnnnngg.

Claire abrió los ojos. ¿Qué era aquello?

La luz del sol entraba a raudales por la ventana. Se incorporó y miró el despertador. ¡Las once! ¡Llegaba tarde al trabajo!

Ya tenía un pie en el suelo cuando recordó que la noche anterior había llamado al señor Whitaker para decirle que no iría a trabajar al día siguiente porque estaba enferma.

Ese recuerdo le trajo otros. La bomba de relojería de la doctora. El ascensor. Jacob Anderson. Seguramente, todo había sido una extraña pesadilla.

Riiiiiiiiinnnnnngg.

Oh, debía de haber sido el timbre lo que la había despertado. ¿Quién llamaría a su puerta un viernes por la mañana?

Riiiiiiiiinnnnnngg. Riiiiiiiiinnnnnngg.

Quienquiera que fuera, no iba a desistir. Claire se puso unos pantalones viejos de deporte bajo la amplia camiseta que usaba para dormir, se pasó el cepillo por el pelo un par de veces y bajó al piso inferior.

Al mirar por la mirilla, vio a un chico pelirrojo con una chaqueta que ponía «Denver Express». Un mensajero. Probablemente, le llevaba un envío de algún cliente.

El chico volvió a llamar. Riiiiiiiiinnnnnngg. Riiiiiiiiinnnnnngg. Riiiiiiiiinnnnnngg.

—De acuerdo, ya voy —dijo Claire, mientras abría la puerta.

El chico la miró con alivio.

—¿Claire Eden?

—Sí.

—Una entrega para usted. Firme aquí... —le mostró un portafolios y señaló una línea en un formulario.

Claire firmó y extendió la mano para recoger el sobre que el chico llevaba bajo el brazo. Junto con el sobre, el chico le entregó un juego de llaves.

—¿Qué es esto? —preguntó ella.

—Unas llaves.

—Ya veo que son unas llaves. ¿De dónde? ¿No vienen las instrucciones?

—Eso debe de ser el manual —dijo el chico, señalando el sobre—. O a lo mejor están en la guantera.

—¿En la guantera? —la conversación era cada vez más incomprensible—. ¿Como en un coche?

—Claro. Eso es lo que le traigo —señaló un deportivo rojo aparcado frente a la casa.

Claire se quedó boquiabierta.

—Debe de haber algún error. Ese no es mi coche.

—Usted es Claire Eden, ¿no? Y esta es la dirección correcta. No hay error, señora.

—Pero... Yo no... ¿De dónde viene? —preguntó por fin, aunque creía adivinarlo.

—Lo envía un tal Jacob Anderson —dijo el chico, consultando su portafolios.

Claire dejó escapar un gemido y se apoyó en el marco de la puerta.

—Así que no ha sido un sueño.

—¿Perdón?

—No importa —ella le tendió las llaves—. Tenga. Puede devolverlas. No acepto el envío.

El chico le enseñó el formulario.

—Ya lo ha hecho.

—Pero no sabía lo que era —Claire trató de obligarlo a tomar las llaves, pero el chico retrocedió.

—Mire, señora. Yo solo hago mi trabajo. Tenía que traer ese Jaguar a esta dirección y conseguir su firma, y lo he hecho. Que pase un buen día —se dio la vuelta y corrió hacia un camión verde que había detrás del Jaguar.

Claire se quedó mirando el Jaguar deportivo. Se acercó a él despacio, como si temiera que estuviera vivo y fuera a saltar sobre ella.

¿Por qué le mandaba Jacob Anderson un coche? Un coche, por el amor de Dios. La mayoría de los hombres empezaban con flores y bombones. Pero él, no. Él iba directo a la yugular. O al Jaguar, mejor dicho. No sabía cuáles eran sus intenciones, pero no podía aceptar un regalo tan caro. Debía decírselo. Volvió corriendo al apartamento y se fue derecho al teléfono.

La puerta se abrió antes de que Jake llamara al timbre. Claire lo recibió con los brazos en jarras.

—¿Qué demonios cree que está haciendo?

—¿Llego tarde?

—No, no llega tarde. No me refiero a eso —señaló detrás de él—. Me refiero a aquello.

A Jake no le hizo falta darse la vuelta para saber a qué se refería. Había visto el coche al llegar.

—Veo que ha llegado perfectamente. ¿Qué tal funciona?

—No tengo ni la menor idea. No lo he

tocado, ni pienso hacerlo.

—¿Es que no le gusta el color? A mí tampoco —Jake saludó con la cabeza a una pareja que salía de un apartamento vecino—. ¿Puedo entrar? Estamos llamando la atención.

Por un instante, pareció que ella iba a negarse, pero luego vio a la pareja y se apartó para dejarlo pasar. Al entrar en el vestíbulo, Jake se fijó en la vestimenta de Claire: unos vaqueros y una sudadera gris de la Universidad de Wyoming.

—¿No se ha vestido aún?

—Todavía no he decidido si voy a ir con usted —dijo ella mientras cerraba la puerta.

—Pensaba que quería hablarme de su trabajo.

—Sí, pero... —se detuvo y respiró hondo antes de decir en un tono exageradamente paciente—. Volvamos al tema anterior, ¿de acuerdo? ¿Por qué me ha enviado ese coche? Llevo toda la tarde llamándolo, pero no estaba en la oficina y, oh sorpresa, su número personal no aparece en el listín telefónico.

—He estado muy ocupado. Su coche está en el taller, ¿no? ¿Necesita una reparación importante?

—Bueno, sí, pero...

—Da la casualidad de que a mí me sobra

uno y he pensado que usted podría usarlo. Por eso se lo he enviado —le mostró las flores que llevaba en la mano—. Tenga, son para usted.

Claire ignoró el ofrecimiento.

—¿Es su coche? Pero, ¿cuántos coches tiene?

—Es el coche de Alan. Un poco llamativo, lo sé, pero así era Alan.

—¿Es el coche de Alan Townsend? ¿Me ha mandado el coche de un muerto? ¿Cómo puede hacer algo tan... tan...?

—¿Práctico? —dijo él—. Alan ya no lo necesita. Ni yo tampoco. Pero usted, sí. Es tan simple como eso. Un regalo de amigo.

Jake vio en el rostro de Claire la misma expresión que había observado la noche anterior cuando mencionó que podían ser amigos: una mezcla de esperanza, pánico y confusión. ¿Por qué le molestaba tanto la idea de que fueran amigos?

De pronto, que ella aceptara el coche se convirtió en una señal de que también lo aceptaría a él... y eso era de fundamental importancia para que su plan tuviera éxito.

—No puedo aceptar un coche, y menos ese coche —dijo ella.

—Considérelo un préstamo, entonces. Puede usarlo hasta que el suyo esté arreglado o se compre otro.

Claire miró las flores que él le tendía: rosas blancas de tallo largo. Le resultaba difícil deshacerse de su mal humor, que había crecido en proporción directa con la frustración de no poder localizarlo por teléfono. Sin embargo, era tan amable... Nunca habría imaginado que Jake Anderson se acordaría de un detalle tan ínfimo como que su coche estaba averiado.

—Por favor, acéptelo.

Su voz era tranquila y acariciante, pero, por alguna extraña razón, parecía que la aceptación de Claire significara mucho para él. ¿De veras necesitaba encontrar un amigo? Ella había oído decir que se estaba muy solo en la cumbre, y Jacob Anderson estaba sin duda en la cumbre. Pero resultaba difícil creer que la quisiera a ella como amiga. Además, tenía la impresión de que quería algo más que amistad, y eso sería desastroso para su posible relación laboral.

Pero, por otra parte, si quería un trabajo con un salario decente, debía ser amable con él. ¿Por qué le costaba tanto recordarlo? Si no conseguía ese trabajo, no conseguiría el dinero para tener un hijo. Debía tragarse su orgullo.

—De acuerdo. Un préstamo. Gracias —agarró las flores—. Siento haberme puesto así. Pensé que...

—¿Que trataba de seducirla? —dijo él con una suave sonrisa—. ¿De comprar su afecto?

Ella le devolvió la sonrisa de mala gana.

—No exactamente. Yo no sé cómo se comportan los hombres ricos, pero un Jaguar antes de la primera cita me parecía un poquito excesivo, hasta para un multimillonario.

—Oh, nos comportamos igual que los demás. Una invitación a cenar, dulces palabras... y flores. Ella miró las flores y luego a él.

—¿Eso es una broma o una advertencia?

—Probablemente, las dos cosas.

—Voy a ponerlas en agua —dijo Claire, dándose la vuelta.

Jake la siguió a la cocina.

—Será mejor que se vista. La fiesta empieza dentro de media hora.

—Lo siento, pero no tengo nada que ponerme dijo Claire, mientras llenaba de agua un jarrón—. Estaba tan ocupada poniéndome furiosa que no he tenido tiempo de ir de compras. Vaya sin mí.

Jake le quitó las flores y las metió en el jarrón, sin cortarles el tallo.

—No quiero —dijo firmemente—. Seguro que tiene algo que sirva.

Claire miró el esmoquin de Jake, que se

ajustaba perfectamente a su cuerpo musculoso. La camisa blanca contrastaba vivamente con su piel y la chaqueta negra enfatizaba la morenez de sus ojos y de su pelo. Aunque no era un modelo, era un hombre de la cabeza a los pies.

—Yo no soy precisamente de la alta sociedad. No tengo vestidos de etiqueta.

—¿Tengo que recordarle que todavía no le he dado el empleo?

Ella lo miró un momento.

—Hay un nombre para eso: chantaje.

—Discúlpeme. No quería decir eso. Deje que lo intente otra vez —la agarró de la mano—. Por favor, venga conmigo, Claire. Debo dar un discurso esta noche y odio dar discursos. Me gustaría que estuviera allí.

A Claire, aquella sencilla petición le llegó al corazón. Jake Anderson odiaba los discursos. Esa inseguridad lo ponía casi al nivel del resto de los humanos. Al parecer, necesitaba un amigo. Además, aquel hombre iba a darle el trabajo que le permitiría hacer realidad su sueño de tener un hijo. Lo menos que podía hacer era aplaudir su discurso.

—Tengo un vestido negro de terciopelo. Supongo que, en caso de urgencia, puede considerarse un vestido de etiqueta.

—Perfecto —sonrió él con satisfacción—.

Si quiere, la ayudo con los botones o con la cremallera.

Aquel hombre difundía tanta testosterona que a Claire se le puso la piel de gallina.

—Usted sueña.

—¿Cómo lo sabe? —preguntó él, maliciosamente.

Las luces del auditorio del museo bajaron cuando Jake subió al estrado. Claire miró a su alrededor discretamente. Nunca había estado en una fiesta como aquella. Los invitados eran la flor y nata de Denver Seguramente, ninguno de ellos tendría menos de un millón de dólares... salvo ella.

—Buenas noches, señoras y señores... —la voz profunda de Jake cruzó el salón. Claire se giró para mirarlo.

Su discurso para presentar al nuevo presidente de la fundación fue breve y discreto. Cuando acabó, Claire se unió al aplauso de cortesía. Todavía no podía creerse que tuviera una cita con Jacob Anderson. Quizá debía pellizcarse...

Sonrió automáticamente cuando él volvió a sentarse a su lado y, deslizando un brazo sobre el respaldo de su silla, Jake se inclinó hacia ella.

—¿Qué tal lo he hecho?

Claire giró la cabeza y se dio cuenta de que estaban muy cerca. Su cálido olor la envolvió. No era un perfume caro. Era un olor inconfundiblemente masculino que la atraía hacia él como al néctar a una abeja. Si alzaba un poco la cara... Claire se reprendió mentalmente. No iba a pensar en él en términos sexuales. Se lo había prometido a sí misma.

—Lo ha hecho bien. No sé por qué dice que no le gusta dar discursos. Parece que ha nacido para ello.

Él sacudió la cabeza.

—Yo nací muy lejos de aquí —con aquella críptica respuesta, él se irguió y volvió a prestar atención al orador que hablaba en esos momentos, sin quitar el brazo del respaldo de la silla de Claire.

Ella trató de recordar todo lo que sabía sobre él. Lo único que sabía era que había nacido en un rancho cerca de Pawnee, Colorado. Frunció el ceño. Se había criado en un rancho, como un vaquero. Eso no era bueno. En su opinión, los vaqueros eran la forma más baja de vida sobre la faz de la tierra, y ella había hecho voto de mantenerse alejada de ellos el resto de sus días.

Observó su perfil, tratando de ignorar el placer que sentía cada vez que lo miraba. No, Jake no era un vaquero. No llevaba botas, ni sombrero de ala ancha. No olía a abono, ni daba puñetazos en la mesa.

Satisfecha, Claire volvió a mirar al orador. ¿Jake Anderson, un vaquero? Ni hablar.

Eran las diez de la noche cuando él le abrió la puerta del todoterreno y se sentó al volante.

—Espero que no esté cansada, porque había planeado llevarla a cenar. ¿De acuerdo?

—Me imagino que tenemos que acabar nuestra discusión, ¿no? —preguntó ella.

—Desde luego.

—De acuerdo, entonces. ¿A dónde vamos?

—A mi casa. Allí estaremos más tranquilos.

—¿Más tranquilos para qué?

Él la miró.

—Para discutir sobre cómo aprovechar los resquicios de las leyes fiscales, por supuesto. ¿Qué creía?

—Quiero dejar una cosa perfectamente clara, Jake Anderson. No me voy a acostar con usted para conseguir un trabajo. Yo no actúo de esa forma. Mientras estaban parados en un semáforo, él la miró directamente a los ojos.

—Si se acostara conmigo para conseguir

un empleo, no se lo daría. Yo tampoco actúo así. Si la contrato, será porque crea que es la mejor.

El semáforo se puso en verde y Jake volvió a mirar la carretera. Para alivio de Claire, comenzaron una conversación sobre los impuestos que duró hasta que entraron en su ático.

Ella se quedó parada en el salón. La decoración era de revista.

—Es... bonita.

—¿No le gusta? —preguntó él.

—¿De veras vive aquí? Es casi demasiado bonita y...

—¿Y qué?

—No se parece a usted.

Jake echó un vistazo a su espacioso apartamento, viéndolo realmente por primera vez desde que lo había decorado. O, mejor dicho, desde que Melissa lo había decorado. No, no se parecía a él. Se parecía a la mujer con la que, tres años antes, había estado a punto de cometer el error de casarse. No lo había cambiado porque él apenas notaba la decoración. El poco tiempo que pasaba en casa, estaba en su habitación o en el estudio.

—¿Qué cambiaría?

—Yo no soy decoradora —dijo ella, esbozando una sonrisa—. Ya ha visto mi casa. Nada combina. Cuando necesito un mueble, compro el que me gusta. Normalmente, el que está rebajado.

—Su casa me gustó. Es muy... ecléctica.

—Esa es una forma muy amable de decirlo —sonrió ella—. Al menos, es cómoda.

Él le quitó el abrigo, lo puso sobre un sofá y, luego, la condujo al comedor. El ama de llaves les sirvió la cena. Jake tenía contratada a una pareja de mediana edad que cuidaba del apartamento.

Él casi no probó la comida. Claire le habló de su experiencia como contable, pero él apenas la escuchaba. Había pasado todo el día haciendo planes, de modo que no necesitaba que ella lo convenciera de nada. En lugar de escucharla, miraba fascinado cómo su vestido de terciopelo se ajustaba a las turgencias de su pecho. Trató de apartar su atención del cuerpo de Claire y se concentró en sus labios. Pero, por desgracia, su boca carnosa le recordó que se había pasado todo el día preguntándose cómo sería besarla. No conseguía quitarse esa idea de la cabeza.

—Una cena excelente —dijo Claire—. Gracias, señora Sánchez. Y, por favor, déle las gracias al señor Sánchez por cocinar a estas horas. ¿Puedo ayudarles con los platos?

Al ama de llaves casi se le cayó el plato que acababa de recoger.

51

—No, señorita —dijo, atónita—. Tenemos lavaplatos.

Claire asintió y la señora Sánchez apartó el plato de Jake. Este miró con sorpresa el trozo de tarta de cerezas a medio terminar que se llevaba el ama de llaves. Ni siquiera recordaba qué había comido.

—¿Quiere ver la terraza?

—Me encantaría.

Jake la condujo al mirador, que tenía los cristales cerrados para evitar el viento. Claire suspiró al contemplar las luces de Denver y el oscuro perfil de las Montañas Rocosas al fondo. Jake vivía allí solo por la vista, y le alegró que a ella también le gustara. Era algo más que tenían en común, otra razón para sentirse satisfecho de la decisión que había tomado.

—Bueno, ¿cuánto tiempo me va a mantener en suspenso? —preguntó ella, por fin.

—¿Quiere saber si voy a contratarla?

—Le he hecho mi mejor presentación. ¿Qué más puedo hacer para convencerlo?

—El trabajo es suyo —sonrió él.

—¿De veras? —dijo ella, poniéndose colorada de emoción.

—Le ofrezco el cargo de vicepresidenta de Inversiones Pawnee. Estará a cargo del departamento de contabilidad.

Ella se quedó boquiabierta.

—¿Vicepresidenta? Yo no... Yo nunca pensé en... Solo quería un empleo de contable.

—Lo sé, pero me han impresionado sus ideas — Jake le habló de un salario que la dejó pasmada.

—¿Bromea? —cuando él negó con la cabeza, ella preguntó—. ¿No hay nadie que trabaje para usted y que merezca ese puesto?

—Alan se encargaba de la contabilidad —dijo él, encogiéndose de hombros—. Tenía un ayudante, Jim Gordon, pero nunca hablamos de que sustituyera a Alan. Nunca pensamos que Alan pudiera morir.

—¿No quiere darle una oportunidad? Siempre es mejor promocionar a alguien de la empresa.

—No. La quiero a usted. Sé que cuidará bien de mi dinero.

—¿Cómo lo sabe?

—Lo comprenderá cuando lleguemos a mi segunda proposición.

—¿Qué proposición?

Él le tendió la mano.

—Todo a su tiempo. ¿Nos damos la mano?

Ella lo miró atónita.

—Pero yo no tengo experiencia en dirección. Solo cuando el señor Whitaker se va de vacaciones...

—Lo que hace todos los meses. Usted dirigía esa empresa la mitad del año y tiene una licenciatura en dirección de empresas.

—Sí, pero la empresa de Whitaker solo tiene seis contables y dos secretarias.

—Y Pawnee solo tiene veintidós contables y siete secretarias. No es para tanto —se rio él.

—¿De qué se ríe? —preguntó ella.

—No puedo creerme que tenga que convencerla para aceptar un puesto por el que otros matarían. Sobre todo, teniendo en cuenta que fue usted quien me pidió trabajo.

Ella alzó la barbilla.

—Sí, pero no había previsto pasar de simple contable a vicepresidenta en un abrir y cerrar de ojos.

—¿Es el cargo lo que la molesta? Bueno. ¿Por qué no lo llamamos «supervisor del departamento de contabilidad»? No, ese es el cargo de Jim. ¿Qué tal «directora»? Los cargos no importan. Solo quiero a alguien en quien pueda confiar para que vigile mi dinero.

Ella lo miró un minuto. Jake mantuvo su mirada hasta que ella, vacilando, le tendió la mano.

—Creo que directora estará bien. Si está seguro...

—Lo estoy —dijo él, estrechándosela—. Pero tendrá que dejar Whitaker y Asociados mañana mismo.

—No puedo hacer eso. Debo avisar antes.

—La necesito inmediatamente —con las manos todavía unidas, Jake la atrajo suavemente hacia sí.

La sonrisa de Claire se borró. Retrocedió hacia los cristales y se apoyó en el pasamanos.

—¿Ya? ¿Tan pronto?

—Eso me lleva a mi segunda proposición —continuó él, mientras la enlazaba por la cintura y la apretaba contra sí. Ella no protestó—. Pero hay algo que necesito saber antes.

—¿Qu...?

Jake la interrumpió con un beso. Al principio, sus labios rozaron dulcemente la boca de Claire, la acariciaron despacio, seduciéndola para que confiara en él. Luego, sintiéndose agradablemente intoxicado, le rozó los dientes con la lengua. Cuando ella abrió los labios para respirar, aprovechó la ocasión y le hundió la lengua en la boca. Sintió que ella se rendía y una oleada de calor atravesó su cuerpo. Con un suave gemido, ella le acarició los brazos y el cuello, entregándose. Jake le acarició suavemente la espalda y el pelo. No quería asustarla. Pero, mientras la besaba, la sangre de su cerebro emigró a otra parte de su anatomía. Bajó la mano con la que le acariciaba la espalda y apretó las caderas de Claire contras las suyas.

—Diablos —murmuró—. Nunca pensé que tuvieras un sabor tan dulce —volvió a hundir su lengua en la boca de Claire y, luego, con un gemido, se retiró y escondió la cara entre su pelo. No había querido que el beso llegara tan lejos, ni había previsto sentir una reacción tan fuerte al tenerla entre sus brazos.

Ella lo abrazó y luego, repentinamente, se apartó de él.

—Maldito seas, Jake Anderson.

Él la agarró por el brazo justo antes de que ella abriera la puerta de la terraza.

—¿Qué ocurre?

—Te dije que no me acostaría contigo por el trabajo —dijo ella, mirándolo fijamente.

—¿Por eso me has besado? —él la abrazó, sonriendo con satisfacción—. No creo que ninguno de los dos estuviera pensando en los negocios.

Ella exhaló un leve suspiro y bajó la cabeza.

—Mírame, Claire. He tomado una decisión.

Por fin, ella lo miró, confusa.

—¿Qué decisión?

—Quiero que seas mi mujer.

Capítulo 4

DURANTE unos minutos, Claire intentó asumir el significado de sus palabras. Luego, se echó a reír.

—Ah, ya sé —se acercó al borde de la terraza—. Todo esto es un sueño. Quedarme encerrada en el ascensor. Conocerte. Ser tu contable. El beso...

Él le agarró una mano y le dio un pellizco.

—¡Eh! —ella retiró la mano—. ¿Por qué has hecho eso?

—Para demostrarte que no estás soñando.

Ella se puso pálida y dio un paso atrás.

—Entonces, no puedo haber oído lo que creo haber oído.

—Depende.

—Me ha parecido... que me pedías que me casara contigo.

—Así es —asintió él tranquilamente.

—No puede... —confusa, Claire retrocedió hasta que chocó con una silla—. ¿Por qué quieres que hagamos eso?

—Es la solución perfecta. Tú debes tener un hijo y yo necesito un heredero. Así es que nos casamos.

—¡No puedo casarme contigo!

—¿Por qué no?

—¿Por qué no? —repitió ella, incrédula—. Hay millones de razones.

—Dime tres.

—Para empezar, nos conocemos desde hace veinticuatro horas. Yo podría ser una asesina psicópata. No sabes nada de mí.

Él sonrió.

—Tu nombre es Claire Angela Eden. Naciste un ocho de mayo en el rancho de tu familia, El Jardín del Edén, en Dubois, Wyoming. Tienes dos hermanos mayores, Hank y Travis. Hank dirige una pequeña explotación ganadera. Travis es campeón de rodeo. Actualmente es el tercero del mundo. Hank está casado. Travis, no. Hank tiene tres hijos, dos niños y una niña. ¿Sigo?

—Todo eso lo habrás averiguado con una par de llamadas. Eso no significa que me conozcas.

Él la tomó de la mano y la llevó dentro del apartamento.

—Vamos a mi despacho. Quiero enseñarte algo.

La condujo a una habitación dominada por un enorme escritorio de haya. La soltó, se puso detrás del escritorio y agarró un grueso dosier. Lo abrió al azar y comenzó a leer sobre aquella vez en que ella y su amiga de la infancia, Mallory, se fumaron a escondidas un cigarrillo. Claire se abalanzó sobre el escritorio e intentó arrancarle el dossier de las manos, pero él se lo impidió.

—¡Nadie sabe eso! ¿Quién te lo ha contado? ¿Qué has hecho, contratar a un detective privado?

—A varios, en realidad. Esta mañana —dijo él, arrojando el dosier sobre el escritorio—. Tú sabías muchas cosas de mí. Pensé que era justo que yo también averiguara algunas cosas sobre ti.

—Yo solo leí un artículo del *Denver Magazine* —dijo Claire—. Además, que tengas todos esos datos no significa que me conozcas. No tienes ni idea de mis manías. ¿Qué te hace suponer que podrás aguantarme el resto de tu vida? Y yo tampoco sé nada de ti, aparte de que eres muy testarudo.

—Bueno. Pasaremos las próximas cuarenta y ocho horas juntos, conociéndonos. Si el domingo todavía podemos aguantarnos, volaremos a Las Vegas y nos casaremos. ¿De acuerdo?

— ¡No! No estoy de acuerdo en absoluto.

Además, el lunes empiezo en mi nuevo trabajo, ¿recuerdas?

—Esto es más importante. Los libros de cuentas pueden esperar.

Claire lo miró fijamente. ¿Casarse con Jacob Anderson? Pero si casi no podía creer que tuviera una cita con él... Entonces, recordó algo que él había dicho.

—¿Qué has querido decir con que necesitas un heredero?

Jake se dejó caer en el ampuloso sillón de cuero. Observó a Claire durante un minuto y, luego, respondió con esfuerzo.

—No puedo permitir que me pase lo que a Alan. Quiero tener hijos a quienes dejarles todo esto.

Sorprendida, Claire se sentó en una silla frente al escritorio.

—Seguramente hay otras mujeres...

—Todas las mujeres que conozco pertenecen a la alta sociedad. No quiero que mis hijos crezcan con su escala de valores. Tú y yo tenemos orígenes parecidos. Los dos nos criamos en un rancho. Juntos podemos educar a nuestros hijos para que estos se preocupen más por el valor de la vida que por el del dólar.

—¿Has pensado en la adopción?

—Es una posibilidad, pero, ¿por qué utilizarla si puedo tener el lote completo? Además, no puedo adoptar una esposa que me ayude a criar a mis hijos.

—¿Qué hay de mi trabajo? Nunca me he imaginado a mí misma haciendo de ama de casa.

—Yo no he dicho que tengas que dejar tu trabajo. De hecho, cuento con que te ocupes de nuestro dinero. Así, todo quedará en familia. Por eso quiero que seas la directora de cuentas.

—Esto tiene que ser un sueño.

—¿Quieres que te pellizque otra vez?

—Muy gracioso —Claire se levantó y caminó hacia la ventana. ¿Cómo era posible que le estuviera pasando todo aquello? ¿Ser la mujer de Jacob Anderson, de uno los hombres más ricos de Colorado?

Él se acercó a ella por la espalda. Aunque no la tocó, ella sintió su calor.

—Cásate conmigo, Claire, y no tendrás que recurrir a la inseminación artificial.

Claire contempló las luces de la ciudad. Desde que era niña, había fantaseado con que la pedían en matrimonio. Pero nunca se había imaginado una proposición como aquella. Tan fría, tan calculada...

—¿Qué hay del amor? —preguntó en voz baja, observando los ojos de Jake en el reflejo de la ventana.

A él se le ensombreció el rostro.

—¿El amor? No sé si creo en el amor. Al menos, no en el amor duradero.

—Yo sí —dijo ella—. Mi hermano y su mujer están muy enamorados y llevan nueve años casados.

Él le puso las manos sobre los hombros y la obligó a girarse.

—¿A ti te ha pasado, Claire? ¿Te has enamorado alguna vez? —ella negó con la cabeza—. Yo tampoco. Una vez, pensé que lo estaba. Pero fue un espejismo.

—¿Qué pasó?

—Melissa me dejó un mes antes de la boda. Volvió con su antiguo novio al día siguiente de pedirle que firmara un acuerdo prenupcial.

—Oh, Jake...

—No importa. En mi opinión, los matrimonios se derrumban cuando se desvanece el amor que la pareja creía sentir. ¿Por qué basar un matrimonio en algo tan incierto? En cambio, nuestro matrimonio estaría basado en metas comunes, respeto, y amistad, espero. Crees que no sé nada de ti, pero te equivocas. Sé que eres inteligente y generosa. Me gusta la Claire Eden que conozco. Y quiero conocerte mejor.

—¿Y no crees que casarnos primero es un poco precipitado?

—Tal vez, pero no podemos esperar.

Pueden pasar meses hasta que te quedes embarazada. Yo podría morirme mañana. Tenemos que empezar lo antes posible —le acarició las manos—. No puedo prometerte amor, Claire. Pero pudo prometerte que te seré fiel y que cuidaré de ti.

Ella alzó la barbilla.

—No quiero que nadie cuide de mí. Me las he arreglado yo sola desde que murió mi madre.

—Entonces, ¿qué quieres?

Buena pregunta. ¿Qué quería? Amor, pasión... y sí, casarse y tener hijos. Pero tenía que afrontar los hechos. No parecía que fuera a conseguir nada de eso, al menos no antes de que su salud hiciera imposible que se quedara embarazada. Miró a Jake a los ojos. El parecía confiar en que aquella disparatada idea funcionaría.

—Esto es un negocio más para ti, ¿verdad?

—El matrimonio se consideraba un negocio hasta hace solo un siglo —dijo él, encogiéndose de hombros.

—Pero uno no se acuesta con los negocios.

—¿Es eso lo que te preocupa? ¿Acostarte conmigo?

De repente, pareció como si el termómetro hubiera subido hasta los cuarenta grados.

—No lo he pensado. Pero imagino que el sexo formaría parte del acuerdo, ¿no?

—Así es como se hacen los bebés. ¿Es que me tienes miedo? —sonrió él.

¿Miedo? Eso era poco. Le tenía terror. Estaba muerta de pánico.

—Un poco. Tú eres Jacob Anderson, después de todo.

—Soy un hombre, Claire. Funciono como todos los demás.

—¿Cómo sabes que... que quieres acostarte conmigo?.

—No te preocupes por eso —dijo él, con voz suave y profunda—. Deseo acostarme contigo desde que me gritaste en el ascensor.

Claire se quedó sin palabras. ¿Se lo estaba imaginando o él se estaba acercando cada vez más?

—¿Te gusta que te griten? ¿No es un poquito... raro?

—Tal vez —sonrió él—. Pero me gustó que me trataras como a un ser humano, no como a un semidios. No sabes cuánto lo echaba de menos.

—Oh —definitivamente él se estaba acercando, y a ella se le estaba acelerando el corazón—. Bueno, entonces tendré que gritarte más. He practicado mucho con mis hermanos —dijo, mientras retrocedía.

Sonriendo, él la enlazó por la cintura y la atrajo hacia sí.

—Te lo voy a demostrar.

—¿Demostrarme qué?

—Que te deseo...

El asalto sutil de sus labios la fue privando, muy despacio, de la capacidad de pensar. Claire gimió y se arqueó contra su cuerpo. Justo cuando creía que iban a fundirse el uno en el otro, Jake se detuvo. Lentamente, ella volvió en sí. No podía creerlo. El beso la había. desarmado completamente.

—¿Lo ves? —musitó él—. No tendremos ningún problema para hacer preciosos bebés.

Claire trató de desasirse, pero él la retuvo entre sus brazos.

—¿Qué ocurre? ¿No te ha gustado?

—No, no me ha gustado.

—Embustera —dijo él, con una sonrisa arrogante.

Ella alzó la barbilla.

—No me voy a casar contigo, Jacob Anderson.

—Sí, sí lo vas a hacer —dijo él tranquilamente—.

En las próximas cuarenta y ocho horas voy a convencerte de que no solo necesitas casarte conmigo, sino que, además, lo deseas.

Claire apagó el ordenador.

Les había enviado un *e-mail* a Alex y a Hank diciéndoles que iba a pasar unos días fuera de Denver para que no se preocuparan si no contestaba al teléfono. Pero antes había estado navegando por Internet, en busca de alguna solución milagrosa para la endometriosis, aparte del embarazo. Pero no había ninguna.

—¿Has acabado? —preguntó. Jake estaba sentado a la mesa del comedor, frente a su ordenador portátil—. Ya han pasado las dos horas que nos dimos para trabajar, ¿no?

—Sí —dijo él, mirando su reloj—. Déjame que cierre esto...

Jake apagó el ordenador y lo metió en su maletín. Empujó la silla, cruzó la habitación y se sentó junto a una mesa de café, frente a Claire. Había descubierto que tenía algunas conductas de cavernícola respecto a ella. Desde que la había elegido como su compañera, se sentía protector y posesivo. Nunca había experimentado esos sentimientos antes por una mujer, y le gustaba.

—¿Has encontrado algo? —preguntó.

—Nada nuevo. La única solución parece ser el embarazo. El mundo entero conspira contra mí.

Él sonrió. Su negativa a casarse con él se

había convertido en un juego que estaba dispuesto a ganar.

—¿Tan malo es casarse conmigo? Hemos pasados dos días juntos y todavía te soporto. Y creo que tú también me aprecias un poco más. ¿No tengo ninguna buena cualidad que me redima?

—Déjame pensar. Tiene que haber alguna... Bueno, no fumas ni mascas tabaco.

—Cierto. ¿Algo más?

—Eres bastante limpio.

Él se inclinó hacia ella y puso las manos en los brazos de su silla, aprisionándola.

—¿Eso quiere decir que no ofendo tu olfato ni tu vista?

—No ofendes nada, creo.

—¿Algo más? —sonrió él.

—Eres rico.

La sonrisa de Jake se desvaneció.

—¿Eso importa?

— Es un punto a tu favor.

Él puso mala cara.

—El dinero no lo es todo.

—Sí lo es, si no lo tienes —añadió ella.

—Si es dinero lo que quieres...

Claire se levantó.

—Vamos, Jake, estaba bromeando. Si fuera detrás de tu dinero, ya me habría casado contigo, ¿no crees? —se fue a la cocina—. Pensaba que tenías sentido del humor.

Pero me he equivocado. Y no puedo casarme con un hombre sin sentido del humor. Con mi familia, es absolutamente necesario.

Jake la siguió y la agarró de la mano cuando ella iba a abrir la nevera.

—Lo siento. Has tocado uno de mis puntos débiles.

—No entiendo por qué odias tanto tu dinero —dijo ella, girándose un poco para mirarlo.

—No odio el dinero. Odio la forma en que la gente me trata por mi dinero. Pero no me he dado cuenta hasta hace poco, gracias a Alan y á ti.

—¿A mí? ¿Qué hecho yo?

—Me trataste como si fuera basura —sonrió él—. Eso te convirtió en un desafío. Y yo no puedo resistirme a un desafío —la rodeó por la cintura y la obligó a mirarlo. También había descubierto que sus manos tenían vida propia cuando estaba con Claire. Aquella conexión física lo debilitaba y lo excitaba al mismo tiempo. A ella, también. Aunque Claire intentaba aparentar que mantenía el control, Jake reconocía en ella las señales del deseo.

Claire separó ligeramente los labios. Su respiración se agitó.

—Iba a tomarme un zumo —dijo, con estudiada indiferencia—. ¿Quieres uno?

Él negó con la cabeza y se inclinó sobre ella.

—Estás evitando la cuestión. Estabas diciendo las razones por las que quieres casarte conmigo. Seguro que se te ocurre alguna más.

—Podré tener un hijo —dijo Claire, sonrojándose.

—Sí. ¿Qué más?

Ella lo miró a los ojos.

—Besas muy bien —dijo.

Él se acercó más. La sensación que ella le transmitía era más dulce y aguda de lo que había experimentado con cualquier otra mujer.

—¿Qué nota me das, en una escala del uno al diez?

Claire se separó lo suficiente para mirarlo a los ojos y dijo:

—No tengo suficiente experiencia para ponerte nota.

Él inclinó la cabeza.

—Entonces, déjame que...

Ella le tapó la boca con los dedos.

—De acuerdo, de acuerdo, te pongo la nota más alta. ¿Satisfecho?

—Entonces, ¿te casarás conmigo?

—No he dicho eso —le volvió la espalda y abrió un armario para buscar un vaso.

Él enlazó su cintura y le susurró al oído:

—¿Qué puedo hacer para convencerte?

¿Debo llevarte arriba y hacerte el amor?

La imagen de su cuerpo desnudo sobre ella bulló en la cabeza de Claire. Casi pudo sentir su calor, oír su respiración agitada, saborear la salobridad de su piel...

—Eso me confundiría aún más —dijo, sacudiendo la cabeza para disipar la neblina del deseo—. Ya sé que hay muchas razones por las que debería casarme contigo, pero...

Jake la hizo girarse.

—¿Pero... ?

—Siempre pensé que amaría al hombre con el que me casara —dijo ella, evitando mirarlo a los ojos—. El amor es importante en mi familia. Yo... siento que he fracasado de alguna manera.

—¿Fracasado por qué? Tú me gustas, Claire. Mucho. Y yo te gusto también, ¿verdad?

—Creo que... sí.

—Mírame —dijo Jake suavemente—. Nosotros tenemos mucho en común: nuestro origen, nuestro trabajo, nuestras metas, amistad, atracción... ¡Quién sabe! Quizás el amor surja entre nosotros.

—Pero tú no crees en el amor.

—No puedo evitarlo. Creo que es un cuento de hadas.

—¿No se querían tus padres?

—No lo sé. Yo solo tenía tres años cuando mi madre murió. Mi padre raramente la mencionaba.

Claire emitió un hondo suspiro. Se imaginaba lo que diría su familia si se casaba con un hombre que no la quería. Le pedirían que regresara a casa.

Observó la expresión seria de Jake. De repente, se dio cuenta de que podía enamorarse de él, si se dejaba llevar. A pesar de su reputación, con ella Jake había sido amable y atento, alegre y generoso, apasionado y tierno. Lo que le había contado la hacía pensar que no sabía amar. Tal vez ella pudiera enseñarle. Tal vez pudieran aprender juntos...

Claire se detuvo ahí. Una vez, su cuñada Alex le había dicho que lo único que una mujer podía cambiar a un hombre eran los pañales. No, debía asumir que su matrimonio no sería como el de Alex y Hank. Debía evitar enamorarse de Jake. Así, no le importaría que él no la quisiera.

Además, debía pensar en su bebé. Por tener un hijo, merecía la pena hacer cualquier sacrificio. El amor de un hijo compensaría el que no podría obtener de su marido.

—De acuerdo —dijo—. Me casaré contigo.

—No pongas esas cara de miedo, cariño. No es una sentencia de muerte.

Ella sintió un escalofrío cuando la llamó «cariño».

—No, es una sentencia de vida. Pero, ¿qué pasará si no funciona?

—Funcionará, si nosotros hacemos que funcione. Si esperas que fracase, fracasará —Jake le acarició suavemente la espalda—. Te prometo que no te arrepentirás.

—Espero que no te arrepientas tú.

—Yo nunca me arrepiento de una decisión una vez que la he tomado. Eso es malgastar energías.

Jake llevaba muchos años tomando decisiones arriesgadas. En cambio, la mayor decisión que ella había tomado había sido irse de Wyoming para mantenerse alejada de los vaqueros.

—Ven conmigo —él la tomó de la mano y la llevó junto a la mesa. Buscó en el maletín del ordenador y sacó una cajita.

Claire sabía lo que contenía. Antes del almuerzo, Jake había insistido en que fueran a una joyería, aunque ella todavía no había aceptado casarse con él.

Él deslizó en su dedo el anillo de compromiso. Un enorme diamante de tres caras.

—No sé por qué has comprado uno tan grande. No podré usar el teclado.

—Te acostumbrarás —dijo él—. Te está un poco grande, de todas formas. Cuando volvamos, mandaremos que lo hagan más pequeño.

—No hace falta. Me irá bien cuando engorde por el embarazo. ¿Y qué significa «cuando volvamos»? ¿A dónde vamos?

— A Las Vegas. Mi avión privado esta preparado. Podemos estar casados dentro de cuatro horas.

—¿Cuatro horas?

En cuatro horas, su vida anterior se habría acabado. Sería la señora de Jacob Anderson.

—Y me imagino que estaré embarazada al amanecer.

—Haré lo que pueda —dijo él, con un destello en la mirada—. No hay tiempo que perder, cariño, ni razón para perderlo. A menos que quieras avisar a tu familia.

Claire lo pensó un momento.

—Será mejor que no lo sepan hasta que esté embarazada.

Así, no podrían hacerla desistir.

—¿Estás segura?

—Sí —dijo Claire, dando un hondo suspiro—. Voy a hacer las maletas.

—Recoge solo el cepillo de dientes. Tenemos que estar en el aire dentro de una hora. La oficina de licencias matrimoniales de Las Vegas cierra a medianoche. Compraremos allí todo lo que necesites.

Capítulo 5

DOS de la madrugada. Las Vegas. Flores de plástico. Trajes alquilados. Testigos pagados. No era precisamente así como Claire se había imaginado su boda.

Se detuvo a la entrada de la pequeña capilla, embutida en un traje de novia que le oprimía el pecho. Respiró hondo. La música empezó a sonar. El cura estaba de pie entre dos enormes ramos de flores de tela de color rosa. Elvis cantaba *Love Me Tender*. Jake, vestido con un traje oscuro, estaba a la derecha, junto a los dos testigos. Todos ellos actuaban como si aquello fuera perfectamente normal.

A Claire se le saltaron lágrimas, pero las reprimió con determinación. La vida no era perfecta. Por lo menos, iba a casarse y tendría hijos. Lo único que podía perder era el corazón.

Mientras Jake la miraba avanzar lentamente hacia él, el pánico se apoderó de él durante un instante. ¿Qué demonios estaba haciendo? Conocía a aquella mujer desde hacía menos de cuatro días. ¿Y si era como todas las demás? ¿Y si solo buscaba su dinero?

Claire se paró junto a él y lo miró a los ojos por vez primera desde que había entrado en la capilla. Alzó la barbilla con ese gesto de obstinación tan familiar y, de pronto, Jake supo que se iba a casar con la mujer adecuada. En su cara se dibujó una sonrisa, a la que ella respondió tímidamente. La tomó de la mano y ambos se giraron hacia el cura.

Claire se agitaba, nerviosa, mientras Jake reservaba la mejor suite del Caesar's Palace Hotel.

Su noche de bodas. El momento había llegado, por fin. Sabía lo que iba a ocurrir. Su cuñada Alex le había dicho que hacer el amor era una experiencia casi mágica, si se estaba enamorada.

Ese era el problema. Claire no amaba a Jake, ni él a ella. Sus relaciones sexuales serían estrictamente reproductivas. ¿Dónde estaba la magia?

Jake se giró para mirarla mientras el recepcionista consultaba el ordenador. Claire esbozó la sonrisa que llevaba practicando toda la noche. Él estaba dando lo mejor de sí mismo en aquella extraña situación. Ella estaba dispuesta a hacer lo mismo.

Cuando Jake volvió a mirar al recepcionista, la sonrisa de Claire se desvaneció. Se preguntaba qué pensaría él cuando descubriera que era virgen. Sabía que aquello era una rareza. Pero, en el instituto y la universidad no había querido tener relaciones sexuales porque se negaba a relacionarse con vaqueros. Después, había decidido esperar hasta enamorarse. Pero eso nunca había ocurrido.

—¿Estás lista?

—Yo.. Yo...

—¿Quieres que brindemos con champán por nuestra boda? —sonrió él.

Claire asintió.

Jake dio una generosa propina al botones que esperaba pacientemente con su equipaje y le ordenó que llevara las dos pequeñas maletas a su suite. Luego, condujo a Claire hasta el bar, donde pidió una botella de champán.

—¿Estás cansada? —preguntó.

—No lo sé. Estoy demasiado nerviosa para saberlo.

—¿Es que crees que voy a hacerte daño? —preguntó él, tomándola de la mano.

—Estoy segura —dijo ella suavemente.

—Cielos, Claire. Yo nunca le he hecho daño a una mujer en toda mi vi... —de pronto, comprendió lo que ella había querido decir. Era imposible. Claire tenía veintiocho años—. ¿Me estás diciendo lo que creo?

Ella asintió, compungida.

—Lo siento. Sé que debería habértelo dicho. Si quieres que nos olvidemos del asunto, lo entenderé.

Jake le agarró la otra mano.

—No seas tonta. No es una enfermedad fatal. Eso se cura fácilmente. Ya lo verás....

La llegada del camarero lo obligó a soltarle las manos. Jake esperó con impaciencia mientras les servían las bebidas. Cuando el camarero se marchó, alzó su copa.

—¡Por que nuestro matrimonio será largo y fructífero y, sobre todo, feliz!

Ella sonrió y alzó su copa. Le temblaba tanto la mano que derramó el champán sobre el mantel.

—Bueno, vámonos —Jake sacó la cartera y dejó sobre la mesa dinero de sobra para pagar las bebidas.

—Pero no nos hemos bebido el champán.

Él se levantó bruscamente y se acercó a ella para retirarle la silla.

—Cariño, estás muerta de miedo. Lo

único que se me ocurre para quitarte el susto es enseñarte lo agradable que va a ser. Ahora, vámonos, por favor.

Comprendiendo que cualquier protesta sería inútil, Claire se levantó. Jake la tomó de la mano y la condujo rápidamente a través del casino. Mientras esperaban el ascensor, la enlazó por la cintura y la estrechó contra su costado. Se montaron solos en el ascensor. Jake apretó el botón del piso diecinueve. Cuando las puertas se cerraron, estrechó a Claire en sus brazos y la besó.

La impresión de sus labios cálidos y exigentes dejó a Claire con la mente en blanco. Le rodeó el cuello con los brazos y abrió la boca a su lengua apremiante. Una sensación de tibieza se extendió por todo su cuerpo, hasta sus dedos helados. Cuando creía que iba a fundirse con él, el ascensor se detuvo.

—Sé que le gustan los ascensores, señora Anderson, pero debemos ir a un lugar más íntimo.

Antes de que ella pudiera responder, Jake la guió por el pasillo, abrió la puerta de la suite y tomó a Claire en brazos.

—¿Qué haces?

—Cruzar el umbral —cerró la puerta de un taconazo y se detuvo en medio de la habitación. El botones había dejado las luces encendidas.

—No voy a hacerte daño, Claire. Confía en mí. Claire suspiró hondo y asintió. Le acarició suavemente el pelo.

—Confío en ti. No sé por qué, pero confío en ti.

Él sonrió con alivio. La dejó en el suelo con cuidado, pero no la soltó.

—Haré todo lo posible para que esta noche sea tan maravillosa que todavía la recuerdes con una sonrisa cuando tengas noventa años.

Se inclinó sobre ella y la besó deliciosamente. Su pasión fue desgranándose lentamente, metódicamente, con sumo cuidado, hasta que ella se sintió a punto de gritar, de llorar, de arañarle el pecho.

Durante las horas siguientes, hizo las tres cosas. Apenas se dio cuenta cuando él la desvirgó. El placer le nublaba el entendimiento. Cuando él alcanzó el clímax, Claire pensó que se desvanecerían en una nube de humo.

Se durmió sonriendo en brazos de su marido. Había habido magia, después de todo.

El hambre despertó por fin a Jake. Al sentir la espalda de una mujer a su lado, abrió los ojos, sobresaltado, pero se relajó cuando reconoció el pelo castaño de su mujer.

Su mujer. La idea le hizo sonreír. Hacía tres años que no se despertaba con una mujer en sus brazos. Los escasos encuentros que había tenido desde que rompió con Melissa habían sido apresurados estallidos de alivio físico. Nunca pasaba la noche con esas mujeres. Las dejaba sin remordimientos, sin deseos de despertar con el olor dulce del amor en el aire.

Pero todo eso se había acabado. El resto de su vida despertaría con su mujer cada mañana. Después de la noche que habían pasado, estaba absolutamente convencido.

Apartó con ternura algunos mechones de la cara de Claire. Todavía dormida, ella balbució algo y se apretó contra él. Jake volvió a sentirse excitado, pero se contuvo. Claire debía de estar dolorida, y no solo por haber perdido la virginidad.

Una virgen. Apenas podía creerlo. La mayoría de las mujeres perdían la virginidad antes de graduarse en el instituto. Sin embargo, ella había pasado por la universidad y llevaba seis años viviendo sola, y ningún hombre la había poseído. Era asombroso.

Al pensar que había sido el primero, le dieron ganas de subirse a la montaña más cercana y golpearse el pecho como un gorila. Él, que se tenía por un hombre del siglo XXI. Sus raíces de vaquero eran más profundas de lo que había creído.

Echó un vistazo al reloj. La una y media. No le sorprendió. No se habían dormido hasta el amanecer. Y no habían comido nada desde la ligera cena en el avión, hacía doce horas. No era extraño que tuviera hambre. Saltó de la cama y se puso los calzoncillos. Miró el menú del servicio de habitaciones. Quería el desayuno más opíparo que tuvieran, pero, ¿qué pediría para Claire? ¿Querría ella un desayuno completo, o solo un café? Todavía tenía muchas cosas que aprender sobre su esposa.

Se decidió por un buen desayuno. Claire debía de estar muerta de hambre, después de la extenuante actividad de la noche. Encargó el desayuno y abrió las cortinas para que entrara la luz de noviembre. Luego, se sentó en la cama.

Claire había resultado toda una sorpresa. Él había temido que fuera fría en la cama, pero se había equivocado completamente. Estaba muy nerviosa y carecía de experiencia, pero, cuando Jake se había aplicado a enseñarle las delicias del lecho conyugal, había respondido como una alumna aventajada. Sonriendo con satisfacción, la besó en la mejilla.

—Despierta, cariño.

—Cinco minutos más... —balbució ella,

medio dormida. Pero, cuando su mente registró una voz masculina, abrió de golpe los ojos y, mirando a Jake, exclamó—. ¡Oh! —se incorporó y la sábana resbaló, dejando al descubierto su desnudez—. ¡Oh! —se cubrió los pechos y, de pronto, pareció ver algo extraño en su mano izquierda: un anillo de boda—. ¡Oh!

—Sí —dijo él, divertido—. Estás casada.

—Sí. Ahora me acuerdo —respondió ella.

Él sonrió y le dio un sonoro beso en la boca.

—Y creo que nuestra noche de bodas ha sido inolvidable.

Claire recordó la increíble experiencia que había vivido. ¿Inolvidable? Oh, sí. Su noche de bodas había quedado grabada a fuego en su memoria... y en todo su cuerpo.

—Yo... no suelo despertarme con nadie, y menos con un hombre.

—No te preocupes. Yo también me he quedado un poco sorprendido al despertarme a tu lado. Pero creo que me acostumbraré —sonrió él—. ¿Cómo te encuentras? ¿Estás dolorida?

Claire se sonrojó.

—Un poco.

—¿Por qué no te das un buen baño? Te sentará bien. El desayuno estará aquí dentro de media hora. Espero que tengas hambre.

—Un hambre de lobo —admitió ella. Se cubrió e intentó levantarse, pero Jake estaba sentado sobre la sábana—. ¿Puedo llevarme la sábana, por favor?

—No —él tiró de la tela. Claire intentó cubrirse, pero él la sujetó por los brazos—. No voy a permitir que te escondas de mí, cariño. Eres demasiado hermosa. Y eres mía —la abrazó y buscó su boca.

Sus palabras la asustaron. Sentía que su independencia, duramente ganada, se estaba desvaneciendo. Esa necesidad masculina de dominación, de control, era lo que le había hecho poner fin a todas sus relaciones. Pero a aquella relación no podía ponerle fin tan fácilmente. Cielos, ¿qué había hecho?

Sin embargo, mientras Jake le besaba el cuello y los pechos, la tibieza volvió a invadirla. Dejó de sentir miedo y quiso ser suya, que él la poseyera para siempre.

De pronto, él se detuvo, sacudiendo la cabeza.

—Me he prometido a mí mismo que no te haría el amor esta mañana —dijo—. Necesitas recuperarte.

—¿No se supone que tenemos que hacer el amor todo lo posible hasta que me quede embarazada? Los ojos de Jake brillaron de deseo.

—Esperaremos hasta esta noche, al menos. Ahora, vete al baño. Y toma, llévate la sábana.

Pero Claire no se la llevó. Aunque sabía que él tenía razón, quería castigarlo por su autodominio. Se levantó y se dirigió a la cómoda. Indiferente a su desnudez, se cepilló despacio el pelo, mientras miraba a Jake a través del espejo.

—Claire... —dijo él, en tono de advertencia.

—¿Sí? —preguntó ella, dándose la vuelta para mostrarle toda su desnudez.

Él se levantó de la cama y se quitó los calzoncillos. Claire se quedó boquiabierta al contemplar la evidencia de su deseo.

—Ven aquí, si no te vas a bañar —dijo él en voz baja, maliciosamente.

Claire se metió corriendo en el cuarto de baño y cerró la puerta.

—¿Qué te parece este?

Claire miró por encima del expositor de ropa interior y vio que Jake sostenía un sujetador azul de encaje casi transparente. Echó un vistazo alrededor. Nadie les prestaba atención. Gracias a Dios.

—¿Qué talla usas? —preguntó él en voz alta.

—¿Quieres que se entere todo el mundo? —replicó ella.

—De acuerdo —dijo él, acercándose—, dímelo en voz baja.

—¿Por qué no te sientas en un banco con expresión aburrida, como hacen los maridos normales?

—¿Eso es lo que hacían tus otros maridos? —preguntó Jake con expresión inocente.

—Muy gracioso. Si me hubieras dejado traer mis cosas, no estaríamos perdiendo el tiempo en un centro comercial en nuestra luna de miel.

Él agarró un sujetador transparente de color rojo.

—No tenía ni idea de que ayudar a una mujer a comprar ropa interior fuera tan fascinante. Nunca lo había hecho. ¿Esta es tu talla?

Claire miró la prenda.

—¿La cien? Tú sueñas. Yo uso una noventa y cinco, bobo.

Él se acercó más.

—Tu noventa y cinco se ajusta perfectamente a mis manos. Y a mi...

—De acuerdo. Ya me hago una idea —Claire se sonrojó, lo que la irritó aún más. Señaló el sujetador rojo—. ¿Eso es lo que elegirías para mí?

86

—¿No te gusta?

Ella observó la prenda. Era la clase de sujetador que había oído que les gustaba a los hombres. El tejido transparente no dejaba nada a la imaginación y el cierre frontal podía abrirse de un solo golpe de muñeca. Nunca había llevado uno como aquel. Prefería sus cómodos sujetadores deportivos.

—¿A ti te gusta? —preguntó.

Él la rodeó por la cintura y dijo en voz baja:

—Me gustaría vértelo puesto.

Claire tragó saliva y agarró el sujetador, sintiendo que su independencia se desvanecía un poco más. Ella nunca había pensado que su boda influiría en los detalles más insignificantes de su vida, como la ropa interior. Había aceptado a Jake. Había imaginado que se acostarían juntos de vez en cuando para tener un hijo y que, luego, cada uno haría su vida.

Pasó los dedos por las copas de encaje del sujetador. Supuso que a él le excitaría que llevara algo así, aunque no lo había necesitado la noche anterior. Pero tenía que encarar los hechos. Ella era inexperta y no conseguiría atraer su atención durante mucho tiempo con su ropa interior de algodón. Y debía quedarse embarazada. Una vez cumplida la misión, no habría más necesidad de sexo y podría volver a ponerse lo que quisiera.

—De acuerdo —dijo—. A ver si encuentras mi talla.

Jake localizó en seguida una noventa y cinco, y las braguitas a juego. Luego, se acercó a otro expositor y escogió otro conjunto. Siguió eligiendo alegremente bragas y sujetadores hasta que, diez minutos después, Claire lo agarró del brazo.

—¿Cuántos vas a elegir? No vamos a estar aquí un mes. Y mi tarjeta de crédito tiene un límite, ¿sabes?

—La mía, no —dijo él, encogiéndose de hombros.

Se dirigió a otro expositor, sin percatarse de la expresión de pánico de Claire. Naturalmente, él iba a pagar. Hank siempre pagaba lo que Alex compraba. Y Jake tenía muchísimo más dinero que Hank.

—Es mi ropa. Yo la pagaré.

—Es la ropa de mi mujer —dijo él, sorprendido—. La pagaré yo.

—Jake, creí haber dejado completamente claro que no busco tu dinero. Pagaré mis cosas y se acabó. Él la observó un momento y luego dijo:

—De acuerdo. Elige lo que quieras pagar, y yo compraré el resto.

—Pero he dicho que...

—No puedes impedir que compre lo que me apetezca, ¿no? —preguntó él—. De todas formas, no veo la diferencia. Pronto, todo tu dinero procederá de mí.

—Pero me lo ganaré —replicó ella, alzando la barbilla.

—Esta noche, te lo has ganado.

Aquel comentario dejó a Claire sin palabras. Dándose cuenta de lo que había dicho, Jake dio un paso hacia ella.

—¡Diablos! Cariño, no quería decir eso.

—Yo no soy tu cariño. Al parecer, soy tu fulana —ella se dio la vuelta y salió de la tienda.

—¡Claire! ¡Espera! —Jake tiró las prendas que tenía entre las manos a la dependienta más cercana, y salió corriendo tras ella.

Claire estaba ya tres tiendas más abajo. La agarró del brazo y la hizo detenerse.

—¿A dónde crees que vas?

—Voy a tomar un taxi para ir al aeropuerto.

—Me has entendido mal, Claire.

—¿Qué? ¿Y qué debía haber entendido? Me he acostado contigo y tú quieres pagarme por ello.

—Los hombres no se casan con las fulanas.

—¿Ah, no? —dijo ella, con los ojos llenos de lágrimas—. Entonces, dime cuál es la diferencia.

—No quería pagarte por hacer el amor contigo. Solo quería agradecerte el regalo que me has hecho.

—¿Qué regalo? —preguntó ella, incrédula.

Jake echó un vistazo a su alrededor para asegurarse de que nadie los escuchaba.

—Tu virginidad.

—¿Mi virginidad? —repitió ella, sorprendida—. Eso era algo de lo que tenía que librarme para tener un hijo.

—Quizá lo sea para ti, pero para mí significa mucho más —la rodeó por la cintura y la atrajo hacia sí—. Supongo que no puedes entender cómo se siente un hombre cuando su mujer es virgen.

—Hablas como un caballero medieval. O, peor aún, como un vaquero.

—Recuerda que, aunque ahora no lo parezca, fui educado como un vaquero.

—Gracias a Dios que ya no lo eres —murmuró ella—. Contigo todo remite al dinero, ¿no es verdad? Alguien hace algo por ti y tú se lo pagas con dinero. Le das una propina.

—Nadie se ha quejado hasta ahora —dijo Jake, irritado.

La expresión de Claire se suavizó.

—Pobre Jake. ¿Nadie te ha dado nunca algo por lo que no tuvieras que pagar?

A él le sorprendió su tono compasivo.

—Hay que pagar por todo, de un modo u otro. Ella le acarició la cara con tristeza.

—Eso no es verdad. El amor es gratis.

—¿Amor? —rezongó él—. El amor es el lujo más caro del mundo. Todos los días algún idiota se gasta millones por amor.

Por un instante, Claire sintió como si le hubieran escupido, pero en seguida se puso la máscara de la indiferencia.

—Sé que piensas que el amor es un cuento de hadas, pero te equivocas. Espera a que tu hijo te rodee el cuello con sus bracitos.

Aquellas palabras hicieron que, del fondo de la memoria de Jake, emergiera un recuerdo olvidado mucho tiempo atrás. Él abrazaba a su padre y este lo apartaba bruscamente. «Se ha ido. Compórtate como un hombre».

Eso debió de ser cuando su madre murió. Él tenía solo tres años. Después, su padre no le había dicho más de dos palabras afectuosas hasta el día de su muerte, un año después de que Jake pagara la deuda del Bar Hanging Seven. El viejo Eli Anderson nunca le agradeció que salvara el rancho.

—Entonces comprenderás lo que es el amor, Jake Anderson —dijo ella solemnemente.

Él se inclinó y la besó en la frente para ocultar su turbación.

—¿De veras? —murmuró.

—Será mejor que lo hagas, o este matrimonio no tendrá ninguna oportunidad.

Claire abrió los ojos suavemente, despertando a una realidad casi tan dulce como sus sueños.

Sabía perfectamente dónde estaba. En una lujosa habitación de hotel, en Las Vegas, con un poderoso bíceps como almohada. Después de tres noches de casada ya se había acostumbrado a despertar en brazos de Jake. Había pasado la mayor parte de las últimas treinta y seis horas acurrucada entre esos brazos, haciendo el amor, durmiendo y hablando tiernamente.

Lo besó suavemente. Él se removió un poco y la apretó más contra sí. Claire se acercó a él, adaptándose a las curvas de su cuerpo. Definitivamente, podía acostumbrarse a aquello.

¿Era posible? ¿Podía ser tan juguetón el destino como para unirlos de aquella manera descabellada y hacer que se enamoraran?

Cerró los ojos. Ninguno de ellos iba buscando amor, sobre todo Jake. Él quería un heredero, simple y llanamente. Probablemente, cualquier mujer que se hubiera quedado atrapada con él en aquel ascensor habría acabado siendo su esposa.

Se pasó la mano por el vientre. En ese preciso momento, quizá su hijo estaba creciendo dentro de ella. La idea la dejó sin aliento. Deseaba un hijo más que cualquier otra cosa. ¿Y Jake? ¿Querría él a ese niño? ¿O sería otra de sus inversiones? ¿Qué pasaría si su intuición de que Jake no sabía amar era cierta? ¿Cómo influiría aquello en sus hijos? ¿Y en ella?

Claire había creído que tener un hijo sería suficiente, pero ahora se daba cuenta de que lo quería todo: un trabajo que le gustara, niños y un amante esposo. Quería sentirse como se sentía en ese momento para el resto de su vida: resguardada, segura y cuidada. Y, sobre todo, deseada.

Ella nunca se había sentido tan importante para nadie. Ni en un millón de años se habría imaginado que sería objeto de tantas atenciones. Pero aquello le preocupaba. Tal vez se estaba enamorando.

Frunció el ceño. Siempre había estado a gusto sola. Le irritaban los hombres que exigían demasiado tiempo, que la llamaban varias veces al día o que actuaban como si les perteneciera. Claire Eden no pertenecía a nadie, más que a Claire Eden. Solo que ahora... era Claire Anderson. Otra parte de su identidad que parecía desvanecerse.

Pero no se convertiría en una sombra bajo el ala de Jacob Anderson. Debía mantenerse firme. Debía negarse a creer en el amor. Jake solo la quería por una cosa y, ciertamente, no por amor. Él quería un heredero. Ella, un bebé. Se juntarían para aparearse, como el ganado. Así funcionaría todo.

En general, estaba llevando bien la situación, salvo por un detalle: si no había podido distinguir entre el amor y el sexo durante aquellos tres días, ¿qué le hacía pensar que podría hacerlo después?

Para asegurarse, quizá debía evitar en lo posible hacer el amor. Quería quedarse embarazada, pero eso no significaba que tuvieran que hacer el amor veinticuatro horas al día. Seguramente, con una vez al día bastaría. Cuando menos tiempo pasara en brazos de Jake, menos posibilidades tendría de enamorarse.

Aquel mismo día regresaban a casa. De vuelta en Denver, sus días estarían ocupados con el nuevo trabajo. Si podía mantener la mente clara, su independencia quedaría a salvo... y también su corazón.

Capítulo 6

JAKE miró el despertador. Las seis y media. Se giró para despertar a Claire, pero no la encontró. Frunciendo el ceño, retiró las mantas de la cama del dormitorio del ático y se dirigió al cuarto de baño.

Frente al espejo, Claire se estaba pintando los ojos. Llevaba puesta una camisa de Jake desabrochada, que dejaba ver un conjunto de lencería que él le había comprado en Las Vegas después de su riña en el centro comercial: un sujetador de encaje negro que apenas cubría lo esencial, y unas braguitas a juego.

Ella se sobresaltó al ver a Jake por el espejo.

—No sabía que estabas despierto.

Él la enlazó por la cintura y deslizó la mano por debajo de la camisa para tocar su piel aterciopelada.

—¿Desde cuándo estás levantada?

—Desde hace varias horas —dijo Claire, tensa—. Estoy un poco nerviosa por mi primer día de trabajo.

—¿Por qué no me has despertado? —preguntó él en voz baja mientras le besaba la nuca.

—Dormías tan profundamente que no quise molestarte —Claire trató de sujetarse la camisa—. Por favor, Jake, ahora no.

Él se sorprendió. ¿Lo estaba rechazando? Era la primera vez que no respondía a sus caricias. Aquello no le gustó nada.

La deseaba más que en su noche de bodas. A veces, se dejaba llevar hasta tal punto por el placer, que ni siquiera recordaba que trataban de tener un hijo. Cada vez que hacían el amor era más tórrida, más intensa y mejor que la primera vez. Le encantaban los jadeos de Claire, su gemido de placer cuando entraba en ella, la forma en que palpitaba cuando alcanzaba el clímax...

Desanimado, Jake se apartó de ella y se dirigió a la ducha, pero se quedó parado ante la puerta. De ella colgaba el traje rojo oscuro que le había comprado a Claire en Las Vegas.

—Oh, lo he puesto ahí para estirarlo un poco —ella dejó el cepillo que tenía entre las manos y fue a retirar el traje—. Es lo único que tengo para ponerme hasta que pueda ir a mi apartamento...

Jake la detuvo.

—Usaré otro cuarto de baño.

—No seas ridículo, Jake. Esta es tu casa. Yo usaré otro cuarto de baño.

—No —dijo él secamente—. Ahora esta es también tu casa. Tenemos que acostumbrarnos a estar juntos.

—Tienes razón —sonrió ella, nerviosa.

Él se relajó un poco y le devolvió la sonrisa. Realmente, parecía muy nerviosa. Después de un día de trabajo se daría cuenta de que todo iba a salir bien y se relajaría. Jake se inclinó para besarla suavemente en los labios.

—Solo necesitamos un poco de tiempo. Yo usaré hoy el otro cuarto de baño. Solo necesito llevarme el champú.

—De acuerdo —sonrió ella—. Estaré fuera cuando termines, para que te puedas afeitar.

—¿Lo ves? —dijo él—. Ya nos hemos puesto de acuerdo.

Le robó otro beso y se marchó.

—¿Qué tal te ha ido?

Claire hizo girar la silla de su despacho y vio a Jake en la puerta, sonriendo.

¿Cómo podía estar tan tranquilo cuando ella, solo con verlo, se quedaba sin aliento? Había logrado que no hicieran el amor esa mañana, aunque había estado a punto de lanzarse sobre él en cuanto la tocó.

—Oh, vamos, Jake. No me mires como si supieras de qué color es mi ropa interior... —Claire entornó los ojos—. Lo sabes, ¿no?

—Encaje negro —sonrió él—. El conjunto que te compré en Las Vegas.

Claire, acalorada, intentó mirar detrás de él.

—Señora Hamby...

—Ya se ha ido. Que es justamente lo que vamos a hacer nosotros. Son más de las siete, cariño. He venido para llevarte a cenar.

Ella sacudió la cabeza.

—Tengo mucho trabajo.

Él rodeó el escritorio como un felino seguro de su presa.

—Los libros de cuentas seguirán aquí mañana.

—Sí, pero mañana voy a entrevistarme con cada uno de los empleados y tengo que saber de qué hablo.

Jake le dio un ligero beso en los labios y se sentó en el borde de la mesa.

—Entonces, ¿te ha ido bien?

Ella empujó la silla hacia atrás para mirarlo y le sonrió, agradecida.

—Sí. Creo que todo va a ir bien, aunque es pronto para decirlo. Nunca he tenido bajo mis órdenes a tanta gente. Tengo que acostumbrarme.

—También tienes que acostumbrarte a mí —dijo él, inclinándose sobre ella.

Claire empujó la silla para zafarse.

—Eh, no, no, Jacob Anderson. Aquí, no. Como directora, debo tener un alto sentido de la...

De pronto, él tiró de ella, la hizo levantarse de la silla, se sentó en su lugar y la obligó a sentarse en sus rodillas. Antes de que ella tuviera tiempo de protestar, la besó en los labios. La presión tibia de su boca hizo que a Claire se le nublara la razón. Cada célula de su cuerpo lo deseaba.

Deslizó la mano bajo la chaqueta de Jake y le acarició el pecho. Él gimió y la hizo moverse para colocarla mejor sobre sí. Claire sintió un deseo abrasador.

—Señora Anderson, ¿tiene que...?

Claire se giró y vio la cara colorada de Jim Gordon. Ella también se sonrojó y; saltando de las rodillas de Jake, se bajó la falda y trató de volver a poner en funcionamiento su cabeza.

—¡Jim! No sabía que aún estabas aquí.

—Lo siento, señora Anderson. No sabía que estaban... ejem... ocupados.

Jake se rio por lo bajo y Claire le dio una patada por debajo del escritorio.

—¿Qué querías, Jim?

—Quería saber si necesita esos archivos esta noche.

—Márchate a casa, Jim —dijo Jake—. La señora Anderson no necesita esos archivos. Ya nos íbamos.

Claire se dio la vuelta y le lanzó una mirada fulminante. ¿Cómo se atrevía a decidir por ella?

—Entonces, ¿no me necesita más por hoy? —preguntó Jim, aliviado—. Es el cumpleaños de mi mujer y prometí que la llevaría a cenar.

—¿Por qué no me lo has dicho antes? —dijo Claire, sintiéndose culpable—. Hace horas que debías haberte ido a casa.

—Era su primer día, señora Anderson. Debía ayudarla.

—Me has sido de gran ayuda, Jim —sonrió ella—. Gracias. Mañana seguiremos.

—Entonces, hasta mañana, señora Anderson.

Cuando Jim se marchó, Jake se puso en pie y enlazó a Claire por la cintura.

—Has manejado muy bien la situación.

—No la he manejado en absoluto —dijo ella, retrocediendo—. En cambio, tú sí.

Él pareció sorprendido.

—¿Qué he hecho?

—Responder en mi lugar. ¿Este es o no es mi departamento?

—Claro que sí.

—Entonces, por favor, deja que lo lleve yo. No voy a conseguir que me respeten si hablas por mí.

—Lo siento. No me di cuenta de lo que hacía.

—Y no vuelvas a tocarme delante de mis empleados.

—Primero, no sabía que Jim estaba aquí —dijo él, agarrándola del brazo y obligándola a mirarlo—. Segundo, no me avergüenzo de desear a mi mujer. Y, tercero —continuó, con una sonrisa lasciva—, tú también me estabas tocando.

Claire alzó la barbilla. Él tenía razón. Casi había permitido que Jake la tomara allí mismo, sobre el escritorio. Aquello no era una buena señal. Debía mantenerlo apartado. Iba a tener que tomar medidas más drásticas.

Tres noches después, Jake abrió la puerta del despacho del ático y vio a Claire al teléfono, mirando las luces de la ciudad que se extendían allá abajo. Jake se quedó en el umbral y miró su reloj. Eran casi las diez.

¿Con quién estaría hablando a esas horas?

—¿No recibiste mi mensaje?... Estaba fuera de la ciudad... Nada. Lo normal... No... ¿El día de Acción de Gracias? Pues no lo sé ... Sí, sé que no he ido a casa desde el cumpleaños de JJ...

Jake se relajó. Estaba hablando con su familia.

—De acuerdo... Bueno... No, Hank, no salgo con nadie. Yo... —se interrumpió al darse la vuelta y ver a Jake—. ¿Qué dices?... Oye, Hank, tengo que colgar. Te llamaré dentro de un par de días. No, no me llames... No, Hank —dio un hondo suspiro—. Adiós, Hank. Dales un beso a Alex y a los niños... Yo también te quiero. Adiós —colgó suavemente el teléfono.

—¿No sales con nadie? —repitió Jake—. ¿Y yo qué soy?

—No salgo con nadie —dijo ella—. Estoy casada.

—Pero eso no se lo has dicho a tu familia —replicó él—. Llevamos una semana casados y todavía no se lo has contado.

—No —dijo ella—, no lo he hecho.

Jake se acercó al escritorio y se puso frente a ella con los brazos cruzados.

—¿Te avergüenzas de mí?

—Claro que no. Solo que... no puedo enfrentarme a ellos todavía —dijo ella, desviando la mirada—. Aún tengo muchas dudas.

—¿Qué dudas? —preguntó Jake.

Ella lo miró fijamente.

—¿Qué pasará si no me quedo embarazada?

La pregunta lo dejó paralizado. No había pensado en esa posibilidad. En ese momento, tener un hijo era lo más importante para él. ¿Qué pasaría si no se quedaba embarazada?

—¿Es que sabes algo nuevo? —preguntó—. ¿Has hablado con tu doctora?

—No. Solo que... No sé.

—Estás cansada —dijo Jake, aliviado. La hizo levantar de la silla y la abrazó—. Solo llevamos unos días intentándolo. Date tiempo. ¿Crees que voy a tirarte a la basura como a un pañuelo usado?

—¿Por qué no? Tú quieres un hijo. Si no te lo puedo dar, tendrás que encontrar a otra que pueda hacerlo.

A Jake le molestó que ella pensara tan mal de él. Pero su desconfianza estaba justificada. Con cualquier otra mujer, probablemente habría hecho eso.

Las decisiones despiadadas eran su marca distintiva, al fin y al cabo. Si una inversión no funcionaba, se deshacía de ella rápida y limpiamente. ¿Podría dejar a Claire? La sola idea le dio ganas de golpearse la cabeza contra un muro.

—¿Estás segura de que no eres tú quien quiere dejarlo? —preguntó.

Ella se separó un poco de él. Parecía preocupada y confusa.

—Yo no he dicho eso.

Jake la agarró de la mano izquierda y besó su anillo de boda.

—Esto significa para siempre, Claire, ¿recuerdas?

—Pero, ¿y si yo...?

—No te quedarás embarazada discutiendo —dijo él con firmeza, girándola hacia la puerta—. Ahora mismo nos vamos a casa. Tenemos que hacer un bebé... o, al menos, que intentarlo.

Su plan no funcionaba.

Claire miró en la penumbra a su marido, que aún jadeaba. En el aire quedaba el denso aroma del amor. Todavía sentía en la boca el sabor de los besos de Jake y un escalofrío de placer le sacudía el cuerpo.

¿Por qué tenía que ser así cada vez? Desde hacía una semana, trataba con todas sus fuerzas de no dejarse arrastrar por el placer, de mantenerse fría. Pero Jake, no. Con suma paciencia, él la besaba, la acariciaba, la mordía y la lamía hasta que ella perdía la razón, indefensa ante unas sensaciones que la hacían enamorarse cada vez un poco más. ¿Por qué se cegaba su corazón con esa ilusión de ternura?

—¿Estás bien?

Claire se estremeció al oír su voz.

—Claro. ¿Por qué?

—Pensé que te había hecho daño. No he sido muy delicado. Diablos, he perdido el control.

—¿Has perdido el control?

—¿No te has dado cuenta? —preguntó él, sorprendido.

Ella sonrió lastimosamente.

—Estaba un poco... absorta.

—Sí, lo sé. Todavía se oye el eco de tus gritos —rio él.

—¿Y qué hay de tus gemidos? Me has recordado a un elefante en celo que vi en el zoo.

—Bueno, hacía veinticuatro horas que no hacíamos el amor. Me sentía como un elefante en celo —se inclinó para besarla, pero ella lo detuvo.

—Quieto. Esta noche, tenemos que dormir. Mañana tengo que madrugar para ir a trabajar.

—Llama y di que estás enferma. El jefe lo entenderá.

—Muy gracioso. ¿Cómo has podido hacer tu fortuna con esa actitud?

—Nunca había estado casado, cariño. Me gusta y quiero disfrutarlo.

Jake la besó y, esta vez, ella no se resistió. No. Definitivamente, su plan no funcionaba.

Claire abrió la puerta de su antiguo apartamento. Había estado tan ocupada con el trabajo que no había pasado por allí desde que se casaron, hacía casi dos semanas.

Cuando entró, tuvo la impresión de que el apartamento le había pertenecido en otra vida. Lo miró todo con ojos nuevos. El arcón que había comprado en un saldo, la vieja estantería labrada que había lijado ella misma para quitarle una gruesa capa de pintura, el reloj de su abuela que Alex le había regalado... De repente, se alegró de que Jake hubiera tenido que viajar a Dallas de improviso y no hubiera podido acompañarla, como planeaba.

Aunque todas aquellas cosas eran antiguallas sin valor, cada una de ellas tenía un significado para ella. Cada baratija era un trofeo de su independencia. Cuando se mudó, el edificio estaba recién construido. Nadie había vivido allí antes que ella. El apartamento había sido enteramente suyo durante seis años. Y, ahora, debía dejarlo.

Para eso estaba allí, para empaquetar las cosas que quería conservar, las que podían encajar en su nueva vida. Pero, ¿cómo desechar seis años de su vida en una tarde? ¿Qué se llevaría? ¿Qué dejaría? Solo sabía que no quería marcharse con las manos vacías. Aquel apartamento había sido el símbolo de su independencia durante seis años, y no quería dejarlo.

Sabía que no podía vivir allí porque se había casado con Jake, pero dejar aquella casa significaba renunciar a su libertad. Y le había costado mucho conseguir esa libertad.

Desde que murieron sus padres, cuando tenía ocho años, hasta que se graduó en la universidad, había vivido bajo la sombra de sus hermanos. Como era mucho más joven y mujer, ellos pensaban que podían controlar su vida, y lo habían hecho durante catorce años, hasta que se graduó y se mudó a Denver. Pero ni siquiera eso los había detenido. Hank la llamaba varias veces por semana. Travis podía aparecer cualquier día, de camino a algún rodeo. A veces, se quedaba a pasar la noche. Otras, solo la llevaba a comer y la interrogaba sobre su vida.

Y, ahora, se había casado con un hombre igual de dominante que ellos. Lo único que le faltaba a Jake era el sombrero de ala ancha y los vaqueros. Tenía gracia. Ella, que siempre había evitado salir con vaqueros porque creía que todos eran como sus hermanos.

No. No podía dejar el apartamento. Aún no. Podía permitirse mantenerlo, ya que Jake lo pagaba todo. Si sabía que tenía un lugar suyo esperándola, podría respirar tranquila.

Jake salió de la ducha y se anudó la toalla en torno a la cintura. Había echado de menos a Claire durante la larga reunión en Dallas, y estaba ansioso por demostrárselo. Ella podía desempaquetar sus cosas otro día. O, mejor, le diría a la señora Sánchez que lo hiciera el lunes.

Sonriendo, entró en el dormitorio. Pero Claire no estaba allí. Pensando que habría ido a recoger alguna caja a otra habitación, Jake sacó del bolsillo de su americana una cajita de terciopelo, y fue en su busca.

Se le borró la sonrisa al ver la luz del estudio encendida. ¿Iba a trabajar Claire esa noche? Llevaban todo el día sin verse. Había pensado que ella tendría tantas ganas de estar con él como él de estar con ella.

Se la encontró delante del ordenador, con el ceño fruncido. Demonios, si hubiera sabido que el trabajo iba a consumir todo su tiempo, no se lo habría dado. Quería el ciento por ciento de su atención. Quería meterse en la cama con ella en cuanto llegara a casa por la noche y no salir hasta que tuvieran que levantarse para ir a trabajar al día siguiente. Y la deseaba cien veces al día. Cuando estaba en el despacho, casi no podía concentrarse sabiendo que ella trabajaba en el piso de abajo.

Pero lo que realmente lo sacaba de quicio era la fría indiferencia de Claire, que se comportaba como si le diera igual hacer el amor que no hacerlo y, la mayoría de las veces, como si prefiriera no hacerlo. Solo lo hacían una o dos veces al día, y solo porque él se había convertido en un experto en romper su resistencia. Ah, pero cuando la rompía...

Jake sonrió con satisfacción. Entró en el despacho y se apretó el nudo de la toalla, preparándose para un nuevo asalto.

Claire alzó los ojos cuando Jake dejó la cajita de terciopelo sobre el escritorio. Él le dio un beso en la mejilla y se apoyó en el escritorio, encogiéndose de hombros.

—¿Qué haces aquí?

—Reviso unos archivos fiscales. Tengo que recuperar el tiempo que he perdido en el apartamento.

—¿Ahora? —le susurró él al oído con lascivia.

—Por favor, Jake, debo trabajar.

—Para eso tienes empleados —replicó él, irritado.

Ella se puso de pie bruscamente y lo miró.

—Querías que controlara a tus contables. Pues eso es lo que estoy haciendo.

—Yo creía que el trato consistía en que íbamos a tener un hijo —replicó él.

—Hacemos el amor una vez al día. Eso debería bastar. ¿Qué es lo que quieres de mí?

—Quiero... —Jake se acarició la nuca. ¿Cómo lo diría con palabras? Era más complejo que el simple deseo—. Te deseo, eso es todo.

Ella vaciló y dejó escapar un hondo suspiro. Su mirada se ensombreció fugazmente.

—No, no es verdad. Tú quieres una chica de harem, que esté a tu disposición veinticuatro horas al día.

—Si quisiera a una de esas chicas, me habría casado hace muchos años. ¿Sabes cuántas mujeres querrían convertirse en la señora de Jacob Anderson?

—¿Y por qué no compras a una de esas, como pretendes comprarme a mí? Cada mañana tengo un gran ramo de flores en mi mesa. Joyas. Ropa. Un coche nuevo. ¿Cuándo entenderás que no estoy en venta?

Él golpeó la mesa con los puños.

—¡Maldita sea! Yo no trato de comprarte. Otros hombres les hacen regalos a sus mujeres. ¿No puedo hacerlo yo?

—Esos hombres les hacen regalos a sus mujeres porque las quieren. ¿Tú por qué lo haces, Jake? Dejaste claro que el amor no era parte del trato. ¿Por qué has comprado lo que quiera que haya en esa caja?

—Zafiros —dijo él—. Los he comprado porque van con tus ojos. Porque te he echado de menos en esa maldita reunión. Maldita sea, Claire, cualquier otra mujer caería a los pies de su marido si él le regalara esos zafiros.

—Entonces, deberías haberte casado con una de esas mujeres —respondió ella, alzando la barbilla.

—No. Me he casado con la mujer adecuada —Jake se puso en pie y la miró—. Pero, ¿y tú, Claire? ¿Qué es lo que quieres?

Le pareció ver un fugaz destello de pasión en los ojos de Claire.

—Quiero lo que quería al principio. Un hijo y un trabajo. Ese era el trato. No sabía que tenía que acudir corriendo cada vez que tú chasquees los dedos.

—Si esperara eso, no saldrías de la cama —replicó él.

Ella volvió a sentarse frente al ordenador.

Pero Jake no estaba dispuesto a que lo rechazara. Agarró el brazo de la silla y la hizo girar para mirarla de frente.

—¿Era así como ahuyentabas a los hombres, cariño? ¿Funcionaba con ellos el jarro de agua fría? — Claire trató de separarse de él, pero Jake le sujetó la cara y la forzó a mirarlo—. No te comportabas así en nuestra luna de miel. No tenías miedo de desearme. ¿Qué te ocurre?

Claire se apartó, con los ojos llenos de lágrimas.

—¡Maldita sea, Jake! ¡No quiero enamorarme de ti!

—¿Qué?

—Tenemos un trato. De acuerdo. Vamos —dijo ella, apretando los puños.

—¿De qué estás hablando? —preguntó él, agarrándola del brazo. Ella se desasió y salió de la habitación.

Jake salió tras ella, aturdido. ¿Se estaba enamorando de él? ¿Era eso lo que había dicho? De pronto, sintió un insoportable deseo de que ella lo amara. No, más que eso. Sintió que necesitaba ser la persona más importante en la vida de Claire. Más importante que su trabajo, sus hermanos o el hijo que intentaban tener. ¿Cómo era posible? Él no creía en el amor, ¿o sí? De repente, comprendió que no creía en el amor porque no sabía lo que era. ¿Cómo iba a creer en él si nunca lo había experimentado?

El amor era lo único que faltaba en su vida, pero no se había dado cuenta hasta ese momento, cuando la mujer cuyo amor deseaba hacía todo lo posible por no enamorarse de él. ¿Es que era realmente tan indigno de ser amado? En su interior, una voz le respondió que debía de ser eso. ¿Quién lo había querido, después de todo? Tal vez Alan, con el cariño de un amigo. Melissa, ciertamente, no. Ni siquiera su propio padre lo había querido.

Intentando responder a esas preguntas, siguió a Claire hasta el dormitorio. Ella se estaba desnudando, furiosa. Jake se acercó por detrás y la abrazó.

—¿Sería tan terrible que te enamoraras de mí? —preguntó suavemente.

Ella se estremeció al sentir sus brazos.

—Sí —dijo ella, crispada—. Porque tú nunca podrás amarme.

¿Era eso cierto? ¿Era él incapaz de amar? ¿Era demasiado tarde para aprender?

—Te deseo.

—No es lo mismo —dijo ella, tristemente—. Pero es difícil diferenciar entre el deseo y el amor.

—De modo que, ¿tú también me deseas? Entonces, ¿por qué me rechazas?

—Pensaba que así podría protegerme de ti —suspiró ella.

Jake la hizo girarse para mirarla de frente.

—No voy a permitir que me rechaces más, cariño. Eres mi mujer. Deberías amarme.

—Y tú eres mi marido y también deberías amarme. No quiero estar sola en este matrimonio, Jake.

Él se sintió desesperado. Quería que lo amara, pero ella esperaba lo mismo de él. ¿Cómo podía amarla si no sabía cómo hacerlo? Él no creía en el amor duradero. Pero, de pronto, deseaba creer. La sola idea de perder a Claire le oprimía el corazón. Pero sabía que, algún día, ella se marcharía si no correspondía a su amor.

Incapaz de decir nada, Jake se expresó de la única manera que sabía: empujándola contra la cama y haciéndole el amor toda la noche.

Capítulo 7

CLAIRE dejó de mirar la pantalla del ordenador y contestó al teléfono.

—Clair Ed... Anderson —todavía le costaba usar su nombre de casada.

Se oyó un suspiro al otro lado de la línea y luego una voz que Claire reconoció inmediatamente:

—Así que es cierto.

—¡Alex!

—Te has casado —dijo su cuñada—. ¿Cómo has podido hacernos esto?

Claire cerró los ojos y se recostó en el sillón de cuero.

Había querido dejar pasar algún tiempo para prepararse para aquella conversación. Por eso no había llamado a su familia.

—¿Cómo te has enterado?

—Acaba de llamarme una señora que vive en Pawnee, Colorado. La conocí el año pasado cuando Hank le vendió un caballo. Al parecer, fue al colegio con tu marido, Jake. Se llama así, ¿no?

—Sí —dijo Claire, sintiéndose empequeñecida por el tono ácido de su cuñada.

—Me ha dicho que tu boda es la comidilla del condado. Me llamaba para felicitarme. Yo no he sabido qué decirle. No podía creerlo. Le he dicho que debía equivocarse. Pero me ha dicho que su hermana, que vive en Denver, vio un artículo en la sección de sociedad del periódico.

—Sí, yo también lo vi.

De eso hacía tres días. Ella había culpado a Jake, pero él le había asegurado que no tenía nada que ver con ese asunto y que, de todos modos, la noticia saldría a la luz tarde o temprano. Pero Claire no pensaba que sería tan pronto, ni que llegaría tan lejos.

—¿Estás embarazada? —preguntó Alex.

—No, que yo sepa.

—Entonces, ¿por qué, Claire? ¿Por qué no nos lo dijiste? Ni siquiera nos has invitado a la boda.

Claire suspiró. ¿Qué podía decir? ¿Debía contarle lo que le había dicho la doctora? Si lo hacía, Alex adivinaría que se había casado con Jake para tener un hijo. No, no quería que sospechara nada. Pero tampoco se sentía capaz de mentirle. Quizá bastaría con que le contara solo una verdad a medias.

—Todo sucedió muy deprisa. Nos conocimos y... Jake es tan cabezota como Hank —soltó una débil risita. Al menos, eso era cierto—. Quería casarse conmigo casi el mismo día que nos conocimos. Así es que, nos fuimos a Las Vegas.

—¿Cuándo?

Claire estuvo a punto de mentir, pero se dio cuenta de que alguien podía contarle la verdad a su familia. De modo que le dijo la fecha exacta.

—¡De eso hace más de dos semanas...! —exclamó su cuñada.

—Sí.

—¿Cuántas veces hemos hablado desde entonces? ¿Cinco? ¿Seis? ¿Por qué no nos has dicho nada?

—Lo siento, Alex. Yo solo... Todo ocurrió muy deprisa. Sé que siempre has querido ir a mi boda. Así es que, cuando llamasteis, no se me ocurrió cómo decíroslo. Luego, una llamada siguió a otra, y cada vez me fue más difícil.

—¿Eres feliz? Eso es lo que importa.

—¿Feliz? —la pregunta era difícil—. Sí, claro. Aunque, a veces, reconozco que estoy muerta de miedo.

—Querida, eso es normal —se rio Alex—. Sobre todo para una recién casada. Déjalo pasar. Vale la pena, si estás enamorada. Porque estás enamorada, ¿no?

—Sí, por supuesto —Claire cruzó los dedos, deseando que fuera mentira.

—Cuéntame algo de él.

—Bueno... Se llama Jacob Henry Anderson. Mide un metro ochenta y tres y es como... bueno, como Hank. Hombros anchos, caderas estrechas, manos grandes. Es moreno y tiene los ojos negros. Tiene treinta y dos años —dudó un instante—. Y es muy, muy rico.

—Eso ya lo sabía. ¿Por qué crees que Myrtle me ha felicitado? —gruñó Alex—. Dime cómo es realmente.

Claire pensó en cómo describir la personalidad de Jake.

—Es muy generoso y paciente —dijo, pensando en el cuidado que ponía al hacerle el amor—. Y persuasivo y fuerte y terriblemente encantador, cuando quiere. Pero también puede ser despiadado y tozudo y arrogante y mandón y... Dios mío, estoy describiendo a Hank. Jake es igual que mi hermano. Y yo siempre he dicho que no quería tener nada que ver con hombres como Hank...

—Es decir, con un vaquero —se rió Alex.

—Oh, Jake no es un vaquero —aseguró Claire—. Es un hombre de negocios.

—Myrtle me ha dicho que el rancho Bar Hanging Seven es suyo.

Claire se quedó atónita. ¿Jake tenía un rancho? ¿Se había casado con un vaquero? No, no podía ser cierto.

—Oh... sí... El rancho es... una inversión más —se sintió aliviada por su rápida reacción.

Realmente, así debía ser. Jake no era un vaquero. Ella tenía un radar interior que detectaba a un vaquero a kilómetros a la redonda.

—Debes decírselo a Hank.

—Lo sé —suspiró Claire, pensando en cómo se enfadaría su hermano.

—Hoy mismo. Lo digo en serio, Claire. Cuanto más tardes, más se enfadará.

—¿Cuándo estará en casa?

—A la hora del almuerzo. Llama entonces.

—De acuerdo, Alex. Prometo llamar.

Claire colgó el teléfono y miró su reloj. Quedaban dos horas para el almuerzo. Volvió a mirar el teléfono. Tenía ganas de llamar a Jake para que la abrazara y la defendiera de su hermano.

Sonrió con amargura. ¿Qué le ocurría? Ella nunca había necesitado a nadie, y menos a un hombre.

Pero, algunas veces, ser independiente no resultaba nada divertido.

Jake abrió la puerta del despacho y vio a Claire al teléfono, mirando hacia la ventana.

—Ya sé que es condenadamente rico, Hank, pero no me he casado con él por su dinero.

De modo que, por fin, le había dicho a su hermano que se habían casado. Ya era hora.

—¿Por qué se casa la gente? ¿Por qué te casaste tú con Alex?... Bueno, pues eso... De acuerdo, lo quiero. ¿Satisfecho?

Jake sintió una punzada de alegría. Pero, ¿estaba ella diciendo la verdad, o solo mentía para tranquilizar a su familia?

—Sé que ha sido todo muy repentino. Pero tú siempre has dicho que te habrías casado con Alex a las dos semanas de conocerla. El amor a primera vista debe de ser cosa de familia. Además, tengo veintiocho años. Si quiero tener hijos, debo darme prisa... No es que os haya mentido, Hank. No os he contado to... Porque sabía que reaccionarías así. Cielo santo, ya soy adulta. ¿Cuándo vas a entenderlo? No necesito que me protejas... No, no tienes que venir.... ¿Qué te parece si vamos nosotros en Navidad?

Jake entró en el despacho. Al verlo, Claire palideció.

—¿Qué dices?... Sé que no puedo impedirte que vengas, Hank, pero es que de verdad estoy muy ocupada...

Jake hizo ademán de agarrar el teléfono.

—Déjame hablar con él.

Claire sacudió enérgicamente la cabeza.

—¿Mañana? No, Hank, no...

—Dame el teléfono —dijo Jake—. Tendré que hablar con él alguna vez.

Ella dio un paso atrás.

—¿Qué?... Sí, es él... Pero... Oh, de acuerdo.

Claire le pasó el auricular a Jake.

— Aquí Jake Anderson.

—¿Es el sinvergüenza que ha raptado a mi hermana? —preguntó una voz áspera.

—Bueno, soy el hombre que se ha casado con ella —respondió Jake.

—¿Tiene una licencia que lo pruebe?

—Por supuesto.

—Eso espero, porque mañana estaré ahí para comprobarlo.

Jake sonrió. Lejos de molestarse, le agradó la actitud protectora de Hank.

—Tengo una idea mejor.

—¿Ah, sí? ¿Cuál?

—La semana que viene es Acción de Gracias. ¿Por qué no viene toda la familia a cenar con nosotros?

—¿Intenta ganar tiempo? —preguntó Hank.

—Demonios, no —respondió Jake—. Si quiere ver la licencia de matrimonio, se la puedo enviar por fax dentro de una hora. Pero he pensado que sería una buena ocasión para que nos conozcamos. Podemos pasar el fin de semana en el Bar Hanging Seven. Allí hay sitio para todos.

Claire lo agarró con fuerza del brazo mientras sacudía violentamente la cabeza, diciendo «¡No!»

—¿El Bar Hanging Seven de Pawnee? —preguntó Hank, impresionado.

Jake se alejó de Claire, que trataba inútilmente de quitarle el teléfono.

—¿Lo conoce?

—¿Y quién no? Tiene el ganado más puro del país. Yo tengo más de treinta novillas de sus toros.

—¿Está contento con ellas?

—Mucho. Tengo un rebaño pequeño, pero de la mejor calidad.

—Hablaremos de ello cuando venga. ¿Mañana o la semana que viene?

—Ah, demonios. Voy a preguntarle a Alex.

Jake se volvió a mirar a Claire. Ella le lanzó una mirada fulminante.

—¿Por qué me haces esto? —preguntó, furiosa.

—Creía que querías ver a tu familia —dijo él.

—Y quiero —dijo ella—. Pero...

—¿Pero qué?

—Necesitaba un poco más de tiempo antes de enfrentarme a ellos.

—No te preocupes, cariño. Yo estaré contigo —dijo él, inclinándose para besarla.

—¿Por qué no me dijiste que tenías un rancho?

Antes de que Jake pudiera contestar, Hank volvió a ponerse.

—Alex dice que podemos ir —rió Hank—. Pero quiere saber si Claire va a hacer el pavo.

Tomándose en serio la broma de Hank, Jake le dijo a Claire:

—Alex quiere saber si vas a hacer el pavo.

Ella entornó los ojos.

—Ja, ja, ja.

Jake respondió a Hank:

—No lo creo.

—De una cosa al menos estoy seguro —rió Hank—. No se ha casado con mi hermana por su forma de cocinar.

—Mi avión los recogerá el miércoles en el aeropuerto de Jackson Hole. ¿A eso de las dos?

—De acuerdo. Hasta entonces.

Jake colgó el teléfono. Claire lo miró, furiosa.

—¿Cómo te atreves a invitar a mi familia? Y a tu rancho, nada menos. ¿Cómo te atreves a tener un rancho y no decírmelo?

—¿Cuál es el problema? He sugerido que vayamos allí porque son gente de campo y pensé que se sentirían más a gusto. Además, tendrás que enfrentarte a ellos tarde o temprano. Al menos, así tienes una semana para prepararte.

—Sí, pero ahora tendremos que estar con ellos cinco días. En ese tiempo, se darán cuenta de que nuestro matrimonio es una farsa. ¡Descubrirán que no estamos enamorados!

—Pero le has dicho a tu hermano que me querías.

—¿Y qué querías que dijera? Ellos no entenderían nuestra pequeña transacción.

—Así que, ¿has mentido?

Ella lo miró fijamente. Se le llenaron los ojos de lágrimas, pero las reprimió.

—¿Qué quieres que te diga? ¿Que te quiero? Pues no lo haré. Ya te he dicho que me niego a enamorarme de ti.

—Maldita sea, Claire, ¿qué más puedo hacer?

—Puedes quererme.

—¿No lo entiendes? Yo... —Jake se apartó de ella y se acercó a la ventana. ¿Cómo podía decirle que no sabía cómo empezar a amar, que nadie lo había amado nunca?—. ¿Qué quieres que haga? —preguntó finalmente, con impotencia.

—No lo sé. ¿Qué tal si ...? No, no funcionaría. No serías capaz.

—¿Capaz de qué?

—De fingir.

—¿Te refieres a fingir que estamos enamorados? —preguntó Jake, desviando la mirada.

No podía fingir que estaba enamorado. No sabía cómo hacerlo. Entonces, de pronto, se le ocurrió la solución: podía averiguar cómo actuaba la gente enamorada. Debía de haber cientos de libros sobre el tema. Y, si eso no servía, observaría cómo se comportaban Alex y Hank, y los imitaría.

—Haremos que funcione.

—¿Cómo? —preguntó ella, incrédula. Él se acercó y la tomó de las manos.

—Los enamorados desean al objeto de su amor, ¿no? —cuando ella asintió, el continuó—. Entonces, tenemos la mitad de la batalla ganada. Yo te deseo más que a ninguna otra mujer. Además, ellos ya creen que estamos enamorados, y la gente tiende a ver lo que quiere ver.

—Oh, Jake, espero que tengas razón —dijo ella, suspirando.

Él también lo esperaba. ¿Qué harían los Eden si se daban cuenta del engaño? ¿Le exigirían a Claire que lo abandonara? Se le encogió el corazón y la abrazó más fuerte. No lo permitiría.

Jake cerró el libro que estaba leyendo: *Veintiún pasos de una relación amorosa.* Se levantó y lo colocó en el armario donde ocultaba los demás. *Todo lo que siempre quiso saber sobre el amor y nunca se atrevió a preguntar* y *El arte de amar* eran algunos de los títulos.

De acuerdo con los expertos, el amor no era nada fácil. Entréguese, decían los libros. Comparta sus emociones íntimas con honestidad y franqueza, sin temores. Y exija lo mismo a cambio.

Jake contempló las luces de la ciudad a través de la ventana. Él nunca se había abierto a nadie, ni había compartido sus más íntimos sentimientos. Ni siquiera a Alan le había contado cómo se sentía por el trato que había recibido de su padre. ¿Podría abrirle su alma a Claire? ¿Y cómo empezaría? ¿Querría ella escuchar la triste historia de su infancia o de su compromiso con Melissa?

Desanimado, se pasó las manos por la cara. De algún modo, tenía que encontrar fuerzas para hacerlo.

—¿Esa es la casa? —exclamó Claire cuando doblaron la última curva.

Sobre una pequeña loma, la enorme casona blanca parecía emerger de entre los campos de algodón. Tenía un porche de tejado verde y estaba coronada por cuatro chimeneas de ladrillo.

—¿No te gusta? —preguntó Jake, mientras conducía el todoterreno por el camino de grava.

—Esperaba algo diferente. Esta casa es... antigua.

—Tiene noventa y siete años —dijo Jake con orgullo—. La construyó mi bisabuelo.

Claire frunció el ceño. Aquel rancho tenía historia, como el de su familia. Sin duda, Jake se parecía a Hank, aunque era más refinado, vestía trajes de Armani y pastoreaba dinero en vez de vacas. No podía creerlo. ¿Se había casado con un vaquero?

—Aquí fue donde empezó Inversiones Pawnee —continuó él—. Alan y yo debíamos hacer algo para salvar nuestros ranchos de la bancarrota. Nos jugamos mucho en nuestro primer negocio. Invertimos todo el dinero de la venta del ganado de ese año. Si hubiéramos perdido...

No hizo falta que acabara. Algo parecido le había ocurrido a la familia de Claire. Solo el trabajo duro de sus hermanos había salvado su rancho. Pero a Claire no le gustó nada el tono orgulloso de Jake.

—Pensaba que el Bar Hanging Seven era solo una inversión. No sabía que significara tanto para ti.

—Es lo más importante que poseo. ¿Por qué crees que necesito un heredero? —dijo él, sorprendido.

—Por tu dinero.

—Al diablo con el dinero. Este rancho pertenece a los Anderson desde hace casi un siglo. No puedo permitir que pase al estado. Pensaba que te lo había dicho. Cuando Alan murió, yo heredé su rancho. No estoy dispuesto a que eso ocurra con el Bar Hanging Seven.

—No lo sabía —musitó Claire. Aquello empeoraba a cada momento. ¿Era Jake un vaquero? No, mejor no pensarlo. Que le tuviera cariño al lugar donde había crecido no significaba que fuera un vaquero.

Jake aparcó y entraron en la casa. Mientras la recorría, Claire sintió nostalgia. Aquella casa le recordaba a la de su familia. Era evidente que se había gastado mucho dinero en su conservación, pero el edificio conservaba su aspecto antiguo.

—¿Quién se ocupa de la casa? —preguntó Claire, después de ver las seis habitaciones de la planta superior—. Tú no pasas aquí mucho tiempo.

—No tanto como me gustaría —dijo él—. La mujer de Ray, Diane, viene de vez en cuando a limpiar.

Ray Cooper era el capataz del rancho desde la muerte de su padre.

—¿Quién cocina?

—Cuando estoy aquí, me hago la comida yo mismo o como con los trabajadores —sonrió Jake—. ¿Por qué te sorprende? Cuando quiero, puedo hacerme un filete y unas patatas. Además, cuando vengo aquí, quiero vivir como una persona normal.

—Entonces, ¿vas a hacer tú la cena esta noche? —bromeó ella.

—¿Tú no sabes cocinar?

—Mi única habilidad culinaria son las galletas de chocolate.

—Entonces, yo haré los filetes y tú, el postre, ¿de acuerdo? —dijo él, enlazándola por la cintura—. Pero, ahora, nos vamos a montar a caballo.

—Creía que habíamos venido un día antes para preparar la casa —dijo ella, sorprendida.

—La casa ya está preparada. Solo tenemos que deshacer las maletas. Ultimamente has trabajado mucho. Quería que tuvieras un día de descanso antes de que llegue tu familia —

la besó suavemente en los labios—. Y quería que estuviéramos a solas. Sin el ordenador.

—Podía haber aprovechado el tiempo en el despacho. Todavía no he... —dijo ella, frunciendo el ceño.

—No. No vamos a trabajar este fin de semana. Tu familia requiere toda tu atención.

Claire suspiró.

—Tienes razón. Y, además, me encanta montar. Es lo que más echo de menos del rancho.

—Vamos, entonces. Tengo una yegua que es perfecta para ti.

Claire pasó el cepillo por el lomo rojizo de Scarlet.

—Señora Anderson, no tiene por qué hacer eso —dijo una voz a su lado

—Oh, no se preocupe, Ray —dijo Claire—. Siempre he cepillado a mis caballos, desde que era niña. Y no voy a dejar de hacerlo ahora.

El capataz la miró con aprobación y se quedó observando cómo cepillaba a la yegua.

—Se nota que sabe cómo tratar a un caballo.

—Yo crecí en un rancho. Aprendí a montar al mismo tiempo que a andar —sonrió ella.

Ray se apoyó en la puerta del pesebre y se echó hacia atrás el sombrero.

—En fin, los caminos del Señor son inexcrutables. Desde luego que sí.

—¿A qué se refiere?

—Mi mujer y yo siempre hemos dicho que Jake necesitaba una buena esposa. Es decir, una ranchera.

Claire tuvo que morderse la lengua para no decirle a Ray que ella no era una ranchera, sino la directora de contabilidad de Inversiones Pawnee.

—Gracias, Ray. Viniendo de usted, sé que eso es un cumplido.

—Claro que sí, señora Anderson. Me alegro de que la eligiera a usted. Eso demuestra que aún no ha perdido del todo el sentido común —su rostro curtido se iluminó con una sonrisa—. Usted lo hará feliz. Se nota que solo piensa en usted y que usted le corresponde. Jake necesitaba alguien como usted.

Así pues, la actuación de Jake había conseguido engañar a los trabajadores.

—Sí. Y, por favor, llámeme Claire —sonrió ella—. Dígame, ¿conoce a Jake desde hace mucho?

—Sí. Trabajo aquí desde antes de que muriera su madre. Es lo más triste que he visto. El viejo Eli se olvidó completamente

131

de su hijo cuando la señora Molly murió.

—¿Qué quiere decir? —preguntó Claire, sorprendida, dejando de cepillar a la yegua.

—El señor Eli era un hombre duro en todos los sentidos, pero, cuando su mujer murió, se volvió de piedra. Era más duro con Jake que con todos nosotros juntos. Y, si veía que algunos de los trabajadores era amable con el chico, lo despedía inmediatamente.

A Claire le dio un vuelco el corazón.

—¿Por qué?

—Solo Dios lo sabe. La señora Molly murió cuando Jake tenía tres años. El señor Eli se amargó después de su muerte. Hizo quitar todos los retratos de la señora. Ni siquiera mencionaba su nombre. Era como si no quisiera recordar que había existido.

—Y la presencia de Jake se lo recordaba a cada momento —dijo Claire con tristeza.

—Sí. Jake es el vivo retrato de su madre.

Claire sintió un nudo en la garganta. Pobre Jake. ¿Cómo podía hacer eso un padre con su hijo?

De pronto, comprendió. Jake no creía en el amor porque no sabía lo que era. Desde la muerte de su madre, nadie lo había querido con un amor incondicional, constante, inagotable. Por eso deseaba tener un hijo. Para tener la oportunidad de hacerlo bien, de darle el cariño que su padre le había negado a él. Posiblemente, esa oportunidad se le presentaría antes de lo que esperaba. Claire estaba casi segura de que estaba embarazada. Tenía un retraso de tres días.

Jake apareció en la puerta del pesebre.

—¿Has acabado? Me apetece mucho probar esas galletas de chocolate —dijo.

Claire se lanzó en sus brazos, con los ojos llenos de lágrimas. Jake la abrazó, sorprendido.

—¿Qué ocurre?

Ella sacudió la cabeza, incapaz de responder. Tenía que conseguir que Jake la amara. Pero, ¿sabía ella lo bastante del amor para enseñarle a amar? ¿Podría él aprender? Tenía treinta y dos. Su carácter ya estaba formado.

«Lo único que una mujer puede cambiar a un hombre son los pañales». Las palabras de Alex resonaron en su cabeza. Pensó en el hijo o la hija que crecía en su interior. ¿Qué pasaría si Jake no podía aprender a amar? La pasión de la luna de miel se agotaría algún día. ¿Qué pasaría entonces? ¿La olvidaría Jake como si nunca hubiera existido, como su padre había hecho con su madre?

—¿Estás bien, cariño? —murmuró Jake.

—Sí —suspiró Claire, apartándose de él—. Estaré lista en un minuto.

Jake lanzó una mirada inquisitiva a Ray.

—¿Hay algo que yo deba saber, Ray?

—Nada que no sepas ya —respondió el capataz, saliendo del establo.

—¿Qué pasa? —preguntó Jake.

—Oh, nada, Ray me estaba contando historias del rancho. Ya sabes, las típicas historias familiares —dijo ella, y continuó cepillando a la yegua.

Jake no pareció muy convencido con su respuesta, pero no dijo más y la ayudó a cepillar a la yegua. Por primera vez, Claire dejó que la ayudara sin quejarse. Jake había tratado de ayudarla con un montón de pequeñas cosas desde su boda y ella lo había rechazado, en su afán de independencia. Pero eso se había acabado. Debía permitir que él compartiera su vida sin acusarlo de querer controlar todos sus actos. Si iba a enseñarlo a amar, tenía que poner algo de su parte.

Capítulo 8

ESTA es la última maleta —anunció Hank, entrando en el salón.

Claire miró a su marido. Desde que habían recogido a los Eden en el aeropuerto, Hank y él habían estado rondándose como dos osos. Alex, de pie, llevaba a su hija de tres años en brazos.

—Voy a acostar a Sarah —dijo.

Los tres la observaron mientras subía las escaleras.

—¿Dónde están los niños? —preguntó Jake.

—Les he dicho que podían jugar fuera —dijo Claire—. ¿Por qué no los llamo y merendamos?

—De acuerdo. Ve a llamar a los chicos y dales de merendar. Nosotros iremos al grano —Hank se volvió hacia Jake—. ¿Hay un despacho o algún sitio donde podamos mantener nuestra pequeña charla?

—Sígame.

—¡Eh! Un momento —Claire agarró del brazo a Jake—. ¿Qué charla?

—Voy a preguntarle a tu marido por qué tenía tanta prisa en casarse —respondió Hank.

—No vais a tener esa conversación de machitos sin mí. Si vais a hablar, quiero estar presente.

—Claire...

—Cualquier pregunta le concierne a ella tanto como a mí —dijo Jake—. Vamos, cariño.

Hank entró en el despacho tras ellos y miró a su alrededor con expresión crítica.

—Si tiene algo que decir, dígalo ya —dijo Jake.

Hank lo miró, separó las piernas y cruzó los brazos.

—Debería preguntarle si puede mantener a mi hermana, pero ya ha demostrado que puede hacerlo de sobra. Así es que solo tengo una pregunta. ¿La ha dejado embarazada?

—Ya le dije a Alex que no nos hemos casado por eso —protestó Claire.

—Todavía no —dijo Jake tranquilamente.

Hank pareció relajarse.

—Bueno, eso está bien. Ahora, voy a hacer lo que Travis me pidió.

—¿Qué?

—Darle un patada tan fuerte que tarden seis semanas en encontrar su rastro.

—Cielo santo, Hank... —dijo Claire, entornando los ojos.

—¿Se puede saber por qué tanta prisa en casaros, entonces?

—Teníamos que hacerlo —respondió Jake—. Cuando supimos que el estado de Claire pronto haría imposible que se quedara embarazada, pensamos que no había tiempo que perder.

—¿Estado? ¿Qué estado?

Claire miró furiosa a Jake. Debía haberle advertido que no hablara de la endometriosis.

—No te preocupes, Hank. No peligra mi vida. Y todo se arreglará cuando tenga un hijo.

—¿Es el mismo problema que tienes desde la adolescencia?

—¿Estás así desde entonces? —preguntó Jake—. ¿Y no la llevaron a un médico?

—Sí —dijo Claire—. Bueno, en realidad me llevó Alex. Pero, a esa edad, la endometriosis solo puede detectarse con cirugía.

—¿Estás segura? —preguntó Hank, preocupado.

—No es culpa tuya, Hank. No te preocupes.

—Te quiero, Claire. Solo quiero que seas feliz — dijo Hank, abrazándola.

—Lo sé.

—No me ha hecho la pregunta crucial — dijo Jake, mirando a Hank—. No me ha preguntado si la quiero.

Claire se quedó boquiabierta. ¿Por qué demonios sacaba Jake ese tema? Ahora tendría que mentir a Hank descaradamente. Sin embargo, su hermano se encogió de hombros.

—Ya respondió a esa pregunta cuando permitió que nos acompañara. Está claro que conoce lo bastante a Claire como para saber que odia que se la excluya.

Ella miró sorprendida a Jake. Lo que decía su hermano era cierto. Por fin, Jake le había dado algo que no costaba nada, solo por complacerla. Claire se lanzó en sus brazos y él la estrechó contra sí y la besó en la frente. ¿Estaba Jake aprendiendo a quererla? ¿O aquello había sido solo parte de su actuación?

—Ahora que hemos aclarado las cosas, veremos si podemos soportarnos el uno al otro. Bienvenido a la familia —dijo Hank, tendiendo la mano. Pero Jake no se la estrechó.

—No tan rápido, Eden. Hay una cosa más que tenemos que aclarar.

—¿Cuál?

—Has estado dando órdenes a Claire desde que bajaste del avión. Ella ya no es tu hermanita pequeña. Es una mujer adulta, y es mi mujer. Basta ya de decirle dónde tiene que sentarse o qué tiene que comer. Ni un comentario más sobre su forma de cocinar.

—Hank solo estaba bromeando —dijo Claire, conciliadora—. Además, soy una pésima cocinera.

—No me importa. No voy a permitir que nadie te menosprecie. ¿De acuerdo, Eden?

Claire contempló asombrada a su marido. ¿Por qué sus palabras no la molestaban? ¿Por qué, por el contrario, hacían que le latiera más fuerte corazón? ¿Era aquello amor? Por favor, no. Todavía no. No podía amar a Jake hasta que él la amara a ella. Si no, se perdería para siempre.

—Es toda tuya, Anderson —dijo Hank, estrechándole la mano a Jake—. Ojalá consigas domarla.

—No quiero domarla —dijo Jake, estrechando la mano de Hank—. Es perfecta tal y como es.

Claire sintió un escalofrío. O Jake estaba empezando a quererla, o era un magnífico actor.

—¿Travis estará aquí mañana? —preguntó Claire mientras pelaba las zanahorias para la cena.

—Viene de camino desde California —dijo Alex—. Ha dicho que estará aquí para cenar con nosotros.

Claire sacudió la cabeza.

—¿Cuándo va a dejar de ir a los rodeos? ¿No se ha roto ya suficientes huesos?

—Sigue diciendo que lo va a dejar y trata de quedarse en el rancho. Pero, después de unas semanas, se aburre. Va a un rodeo, luego a otro, y luego a otro... —Alex se secó las manos en el delantal, agarró su taza de café y se apoyó en la encimera frente a Claire—. Pero basta ya de hablar de tu hermano. Ahora, vamos a hablar de lo que interesa realmente.

Claire frunció el ceño y miró a través de la ventana, por si veía regresar a los hombres, que se habían ido a dar un paseo a caballo con los niños. Luego, volvió a mirar a su cuñada.

—Pensaba que Hank era el inquisidor general en esta familia —suspiró Claire—. ¿Qué quieres saber?

—Todo. Empieza por el principio. ¿Dónde os conocisteis?

Claire le contó a Alex todo lo que se atrevió sobre su relación. No mintió, pero tergiversó las fechas para que Alex no se diera cuenta de que hacía tres días que se conocían cuando se casaron.

—Entonces, llevas tres semanas casada —dijo Alex, cuando Claire acabó—. ¿Algún síntoma de embarazo?

—Tengo un retraso de tres días.

Alex sonrió de oreja a oreja.

—¿Te has hecho la prueba?

—No he tenido oportunidad de comprarla. Jake no me deja sola ni un momento. Salvo en el trabajo, y entonces estoy demasiado ocupada.

—El viernes iremos a la ciudad y compraremos una —dijo Alex—. Me imagino que quieres estar segura antes de decírselo a Jake, ¿no? —Claire asintió—. Pero, ¿cómo te las vas a arreglar con tu nuevo trabajo? ¿No te quitará mucho tiempo?

—Sí, mi trabajo me ocupa mucho tiempo por ahora. Pero espero haberme adaptado para cuando de a luz. Quiero ver crecer a mi hijo.

—Tener un niño es un trabajo de veinticuatro horas al día —dijo Alex—. ¿Qué piensa Jake?

—Él insistió en que aceptara el empleo, así es que supongo que no le importa.

—¿Supones? Jake y tú no habláis mucho, ¿no? — preguntó Alex.

—Bueno, él sabe que yo nunca seré un ama de casa, como tú. Pero creo que le gustaría que me pasara todo el día pendiente de él.

—Como a todos los hombres —sonrió Alex—. Yo también tengo buenas noticias, ¿sabes? Estoy embarazada otra vez.

—¡Eso es estupendo, Alex! Sé que siempre has querido una familia numerosa —dijo Claire, abrazándola.

—Sí, bueno, cuatro es mi límite —se dirigió al fogón para echarle un vistazo al asado.

—No me has dicho nada de Jake. ¿Qué piensas de él? —preguntó Claire.

—Es exactamente como me lo imaginaba —respondió Alex, con una cálida sonrisa.

—Igual que Hank —dijo Claire, contrariada—. Es arrogante y tozudo y hace lo que le viene en gana.

—Sí. Pero, Claire, cariño, ese es el único tipo de hombre del que podías enamorarte.

—¿Qué quieres decir? —preguntó Claire, asombrada.

—Siempre te has empeñado en salir con tipos débiles, a los que podías dominar, pero que no te interesaban. Y eras tan testaruda que a los demás no les dabas ninguna oportunidad. Jake debe de ser el hombre más insistente del mundo si ha conseguido vencer tu resistencia.

—Pero, al menos, no es un vaquero —suspiró Claire.

—¿Ah, no? —preguntó Alex con ironía—. Siento decirte esto, cariño, pero si Jake no es un vaquero en apariencia, al menos lo es de corazón.

Claire gruñó. Tenía más que fundadas sospechas de que su cuñada tenía razón.

—No, papá —Sarah, sentada delante de su padre, le quitó las riendas con gesto petulante—. Déjame a mí.

—Bichito, tenemos que alcanzar a tus hermanos. La niña picó espuelas con sus piernecitas, pero el caballo no reaccionó. Jake, que cabalgaba junto a ellos, pensó en lo precavido que había sido Hank al elegir a un jamelgo viejo y parsimonioso.

—¿Quieres que me adelante para ver qué hacen los chicos? —le preguntó a su cuñado.

—No, seguro que están bien. Darán la vuelta en unos minutos. ¿Qué me decías de esos toros...?

Durante la siguiente media hora, hablaron del rancho. Los chicos regresaron y volvieron a partir en otra dirección. Jake estaba fascinado con Hank, cuyo amor por sus hijos se notaba en cada palabra, en cada mirada. Debía tomar buena nota del modo en que su cuñado actuaba con los niños. Quería ser un padre como él. Lo observaría cuidadosamente en los siguientes días. Sabía que podía aprender mucho.

A los pocos minutos alcanzaron la cumbre de una colina. Hank detuvo el caballo y miró alrededor. Luego, lanzó a Jake una mirada sagaz.

—Claire dice que el rancho es solo una inversión. Pero me parece que para ti es mucho más que eso.

—¿Una inversión? —preguntó Jake, sorprendido—. ¿Eso es lo que te ha dicho?

—Sí. También dice que no eres un vaquero. ¿Lo eres?

Jake contempló las tierras de su familia.

—Siempre me he considerado un vaquero. Pero, si Claire piensa eso, tal vez es que he perdido el contacto con mis raíces.

—Claire piensa eso porque quiere pensarlo — afirmó Hank.

—¿Qué quieres decir?

—Ella siempre ha jurado que nunca se casaría con un vaquero.

Jake miró a lo lejos. Él siempre había querido ser un vaquero. Otra razón para que ella no lo quisiera.

—No hablasteis mucho antes de casaros, ¿no? —preguntó Hank.

—Supongo que no nos lo dijimos todo —respondió Jake.

—Bueno, no te preocupes por eso. Claire está loca por ti, se nota a la legua.

Jake contempló el horizonte. ¿Estaba loca por él? ¿O estaba actuando? Tal vez ella...

De pronto, vio los caballos de los chicos subiendo por una colina, a un kilómetro de distancia. Pero algo no iba bien. La yegua que iba delante sacaba cada vez más ventaja a la otra, aunque el niño que la montaba tiraba de las riendas con todas sus fuerzas.

—¡Diablos! —exclamó.

—¡El caballo de J.J. se ha desbocado! —dijo Hank, que había visto lo mismo que él.

Los dos picaron espuelas, pero Jake comprendió que aquello era asunto suyo. El viejo rocín de Hank no podría alcanzar a la yegua, que corría como el viento.

—¡Maldita sea! Van directos al Barranco del Muerto.

—¿Podrán saltarlo? —gritó Hank.

Jake sacudió la cabeza y espoleó a su semental. No había tiempo para explicaciones.

El semental, llamado Viento Negro, ganó velocidad rápidamente. Jake se dirigió directamente hacia el barranco para cortarles el paso. Al dejar atrás una loma, vio que, a unos cien metros, la yegua desbocada estaba subiendo una colina. De pronto, dio una violenta sacudida. J.J. se inclinó hacia un lado y quedo colgado de la silla.

—¡Agárrate a las crines! —gritó Jake, aunque estaba demasiado lejos para que el chico lo oyera.

Noventa metros, ochenta. Viento Negro se acercaba aprisa a la yegua. A unos cincuenta metros, Jake vio que J.J. intentaba encaramarse a la silla con toda la fuerza de un niño de ocho años.

—¡Las crines! ¡Agárrate a las crines!

El chico miró un instante por encima de su hombro y luego se agarró a la crin. Jake pico espuelas y, con la mano izquierda, sujetó la crin y las riendas de su caballo. Veinte metros. Diez. Cuando Viento Negro se colocó tras la yegua, Jake se agachó para evitar los guijarros que levantaban sus cascos, pero uno le arañó la mejilla. A treinta metros del barranco, la yegua ganó velocidad, pero Viento Negro respondió con valentía y la alcanzó, poniéndose a su lado. Estaban casi al borde del barranco.

—¡J.J., suelta los estribos cuando yo te diga! —le gritó al chico—. Yo te agarraré.

En un par de zancadas, el semental se puso una cabeza por delante de la yegua.

—¡Ahora! —gritó Jake—. ¡Suelta los estribos!

J.J. obedeció sin dudar y Jake se estiró y lo agarró por la cintura. Sujetándolo con fuerza, lo sentó delante de sí y volvió a tomar las riendas para parar al semental. El niño lo abrazó, muerto de miedo.

—¡Lo siento! ¡Lo siento! —gimió—. Papá me va a matar.

—Eso no es verdad. No te preocupes —dijo Jake suavemente—. ¿Puedes decirme qué ha pasado?

Entre hipos, el chico dijo:

—Una serpiente asustó a la yegua. Casi la tenía bajo control, de verdad. Pero entonces pisó un hoyo. Se me resbaló el pie y le di sin querer en el estómago. Entonces, se desbocó.

—Esas cosas le pasan a todo el mundo alguna vez —dijo Jake—. Has sido muy valiente.

J.J. miró a Jake con la cara húmeda de lágrimas.

—¿No estás enfadado?

—¿Por qué? Tú estás bien. Y la yegua, también. No ha pasado nada.

J.J. miró por encima de su hombro a la yegua, que se había detenido a unos treinta metros. Al volver la vista, vio el barranco que quedaba a solo diez metros. Un poco más allá, era tan profundo que no podía verse el fondo. El niño se estremeció y volvió a mirar a Jake.

—Gracias por venir por mí, tío Jake. No sabía que ahí había un barranco —gimoteó—. La tía Claire dice que tú no eres un vaquero. Pero no es verdad, y se lo voy a decir.

Una hora antes, Jake se habría sentido orgulloso de haber salvado a su sobrino, pero ahora se preguntaba cómo podría evitar que J.J. se lo contara a Claire.

—¡Mamá!¡Mamá!¡Tía Claire!

—¡Ya han vuelto! —Claire llamó a Alex mientras abría la puerta trasera. Se quedó pasmada al ver a Jake montado en un semental negro con Sarah sentada delante de él.

—¡Mira, tía Claire! ¡Mira el caballo que me deja montar el tío Jake!

—¿Dónde están Hank y los niños? —preguntó Alex, que había salido al porche.

—Están en el establo. Yo he venido a traer a Sarah antes de encerrar a Viento Negro.

Alex bajó los escalones y tomó en brazos a su hija.

—El tío Jake le ha salvado la vida a J.J. —dijo la niña.

—¿Qué? —exclamó Alex—. ¿Qué ha pasado? ¿Están bien?

—Sí. Solo hemos tenido un pequeño problema con la yegua de J.J. —Jake miró a Claire—. ¿Estás bien?

Claire asintió y se acercó a él al ver que tenía una mancha de sangre seca en la mejilla.

—Estás herido.

—No es nada —dijo Jake, pasándose la mano por la mejilla—. Voy a encerrar a Viento Negro. Volveré en seguida.

Mientras se alejaba, Alex miró a Claire con expresión irónica.

—Sabes que hay una sola persona en el mundo con la que Hank deja montar a su hija, ¿verdad?

—Con el tío Travis —dijo Sarah, orgullosa.

—Lo sé —asintió Claire.

—Sabes por qué, ¿no?

—Porque es un vaquero.

—Ahora tenemos una prueba irrefutable —sonrió Alex—. Te has casado con un vaquero.

—Olvidemos el asunto —dijo Claire, tumbada de lado en la cama, de espaldas a su marido. No tenía ganas de hablar—. Ya te he dado las gracias por salvar a J.J.

Él la agarró del hombro y la obligó a volverse.

—No estoy hablando de eso y tú lo sabes. No has dicho una sola palabra desde que volvimos de montar. ¿Estás enfadada?

—¿Por qué habría de estarlo? —dijo ella en tono petulante.

—Porque tu familia piensa que soy un vaquero y tú odias a los vaqueros.

Claire se sentó y se apoyó contra el cabecero.

—¿Por qué no me lo dijiste?

—¿Habría cambiado eso algo? ¿No te habrías casado conmigo?

—Puede.

—Entonces me alegro de no habértelo dicho. Pensaba que lo sabías. ¿Qué querías que hiciera, decirte «por cierto, cariño, soy un vaquero»?

—Sí. No. No lo sé —reclinó la cábeza en el cabecero—. Ha sido un día muy largo.

Jake se tumbó junto a ella. Claire se apoyó en él, suspirando.

—¿Tanto significa eso para ti? —preguntó él, ansioso—. Tienes que admitir que no soy del todo un vaquero. Quizá solo un vaquero de fin de semana. Y tampoco mucho.

Claire percibió la ansiedad que había en su voz. ¿Pensaba Jake que iba a abandonarlo? Posiblemente. Todas las personas a las que había amado, lo habían abandonado. Pero ella había decidido enseñarle a amar.

No podía rechazarlo, aunque fuera un vaquero.

—Quizá me habría importado al principio, pero ahora no —dijo, acariciándole el pecho—. No voy a marcharme solo porque seas un vaquero, Jake. No te librarás tan fácilmente de mí. Si alguna vez me voy, será porque hayas hecho algo tan horrendo que no pueda perdonarte.

Él la miró a los ojos y, luego, le pasó un dedo por los labios.

—¿Por qué odias tanto a los vaqueros? —preguntó.

—No los odio. Pero no me gustan mucho. Puede que sea por culpa de mis hermanos, que han intentado controlarme toda la vida. Pero no todos los vaqueros son iguales.

—Pero tú has dicho que yo soy como Hank.

—Bueno, lo eres en muchos aspectos. Pero tú no me haces sentir como una niñita.

Esbozando una sonrisa sensual, Jake le acarició los pechos.

—Nunca te trataría como a una niñita.

Claire le detuvo.

—Antes de que empieces, creo que debemos hablar de lo poco que hablamos. Alex ha notado lo poco que te conozco. Dos personas enamoradas sabrían lo fundamental la una de la otra —continuó ella—. Una mujer debería saber si su marido es o no es un vaquero.

—Tienes razón. Pero tú has estado demasiado ocupada para hablar.

—Reconozco que yo tengo parte de culpa, pero tú siempre quieres hacer el amor. Debes admitir que hablamos muy poco.

—Sí. Tenemos que sacar tiempo para estar juntos cada día. Y no en la cama. Ni en el trabajo. ¿Quizás en la comida?

—En la comida me parece bien. Pero ahora no es la hora de la comida.

—¿Insinúa algo, señora Anderson?

—Creo que debo recompensar tu buen comportamiento.

—Un momento. Pensaba que me había portado mal por no decirte que soy un vaquero.

—No me refiero a eso —ella le acarició el vello del pecho—. Me refiero a que me has dejado acompañarte cuando has hablado con Hank esta tarde. Es el mejor regalo que podías hacerme. Ahora, soy yo quien tiene que regalarte algo.

Muy lentamente, Claire se quitó el camisón.

Capítulo 9

A LA mañana siguiente, Jake se despertó a las cinco y media.

—Cinco minutos más —balbució Claire, dormida, cuando le dio un ligero beso en la frente.

Sonriendo, Jake saltó de la cama. Se dio una ducha rápida, se vistió y bajó a hacer café. Del salón le llegaron voces y música. Matt estaba viendo los dibujos animados.

—Feliz día de Acción de Gracias, tío Jake. ¿Quieres ver los dibujos? —dijo, al ver a Jake en la puerta.

—Ahora no, Matt. Voy a hacer el desayuno. ¿Quieres algo?

—Sí. Estoy muerto de hambre.

El chico apagó el televisor y siguió a Jake a la cocina.

—¿Qué quieres tomar?

—Me da igual. Cualquier cosa.

—¿Qué tal unos huevos?

—Muy bien. ¿Quieres que te ayude?

—Sí. Yo haré los huevos y tú las tostadas. ¿Trato hecho?

—¡Trato hecho!

Acababan de sentarse a comer cuando entró Claire. Estaba muy pálida.

—Feliz día de Acción de Gracias, tía Claire. El tío Jake y yo hemos preparado el desayuno. ¿Quieres?

—Feliz día de Acción de Gracias, Matt. Creo que voy a pasar del desayuno por ahora, gracias.

—¿Estás bien? —preguntó Jake, notando la palidez de Claire.

—Sí —dijo ella, esbozando una sonrisa.

—¿Qué es eso? —preguntó Matt, levantándose de pronto como si hubiera oído un silbato.

Se oía el ruido de un coche que se acercaba. Salieron los tres al porche y vieron una camioneta negra que tiraba de un gran remolque para caballos.

—¡Tío Travis! —gritó Matt, echando a correr.

La camioneta se detuvo frente a la casa. De ella salió un vaquero de largas piernas que tomó al niño en brazos. El chico, que no paraba de reír, se encaramó a sus hombros y le tiró el sombrero. Travis lo agarró al vuelo y, sujetando a su sobrino por las botas, se dirigió a la casa.

—¡Qué pronto has llegado! —comentó Claire.

—Iba a pasar la noche en casa de Scott Whitfield, pero su mujer se alegró tanto de verlo que decidí dejarlos solos —contestó Travis, dejando a Matt en el suelo para abrazarla.

—¿Cuánto tiempo llevas sin dormir? —preguntó Claire, preocupada.

—Demonios, no lo sé.

—Ya no tienes veinte años, Travis. No puedes cometer estos excesos. ¿Cuándo vas a darte cuenta?

—Vamos, no empieces con eso hasta que me haya tomado un café —le pellizcó la nariz—. ¿No vas a presentarme al sinvergüenza con el que te has casado?

Aunque Travis acompañó el insulto con una sonrisa, Jake percibió la amenaza que había tras ella, de modo que no se sorprendió cuando, después de que Claire los presentara, el vaquero hizo amago de darle un puñetazo. Jake lo esquivó fácilmente.

—¡Travis! Pero, ¿qué haces? —exclamó Claire, sujetando a su hermano.

—Solo quiero dejarle claro lo que opino de esta boda tan repentina —dijo Travis, mirando fijamente a Jake—. Vamos fuera.

—No es necesario —dijo Hank, que acababa de aparecer en la puerta.

—¿No? —preguntó Travis, sin perder de vista a Jake.

—¡Travis Eden, no vas a pegar a mi marido! — dijo Claire, furiosa.

—Dame una buena razón para que no lo haga.

—¡No puedes pegarle porque lo quiero! —exclamó Claire.

Jake se estremeció. ¿Aquello era verdad, o solo una mentira piadosa para tranquilizar a su familia?

—¿Lo quieres? —preguntó Travis, mirando a Claire fijamente. Cuando ella asintió solemnemente, Travis miró a Hank—. ¿Has hablado ya con nuestro amigo?

—Es de lo nuestros, Travis. Vamos, entra y te lo contaré todo —respondió Hank.

—Primero tengo que ocuparme de los caballos —dijo Travis, volviéndose hacia Jake—. Bueno, si Hank dice que todo está aclarado, entonces supongo que debo darte la bienvenida a la familia. Sin rencores, espero.

—Claro. Olvídalo —Jake le estrechó con fuerza la mano—. Vamos. Te ayudaré a descargar los caballos.

—Yo también voy —dijo Claire, dando un respingo. Pero Hank la agarró del brazo.

—Ni siquiera estás vestida. ¿Por qué no ayudas a Alex a preparar el desayuno? Yo iré con ellos.

—Pero... —balbució ella.

—No te preocupes. No dejaré que se maten el uno al otro.

Sarah entró corriendo en el salón, repicando una campanilla de plata.

—¡A comer!

Todos se apresuraron a seguirla al comedor, de donde salía un olor delicioso. Jake pensó que en su casa nunca había olido tan bien. Cuando era niño, el de Acción de Gracias era un día como otro cualquiera, con la ración habitual de ternera y alubias.

Entró el último en el comedor y se detuvo junto a la puerta. En un extremo de la larga mesa había un pavo enorme, con guarnición de judías, maíz, patatas, panecillos y salsa.

—¿Tú has hecho todo esto? —le preguntó a Claire, que estaba ya sentada al otro lado de la mesa.

Todos se echaron a reír. Ella se levantó y tomó de la mano a Jake.

—Yo solo he ayudado. A Alex es a quien tienes que darle las gracias.

—Tiene una pinta deliciosa. Gracias a las dos —dijo Jake, dándole un beso en los labios—. Bueno, ¿dónde me siento?

Todos señalaron el sitio frente al pavo. Jake frunció el ceño. ¿Esperaban que trinchara el asado? Él apenas distinguía un ala de un muslo. En voz baja, le dijo a Claire.

—No puedo trinchar el maldito pavo. Nunca lo he hecho. Que lo haga Hank.

—Tú eres el anfitrión. Debes hacerlo tú.

—Lo destrozaré.

—Bueno, Hank también lo destroza —sonrió ella—. Y a nadie le importa cómo esté partido el pavo. Está igual de rico, de todas maneras.

Jake le dio otro beso y tomó asiento. Claire se sentó frente a él, junto a Hank, Alex y Sarah. Al otro lado de la mesa estaba Travis, sentado entre los dos niños. Jake agarró el cuchillo de trinchar.

—¿No vas a bendecir la mesa? —preguntó Matt.

Todos lo miraron, expectantes. Jake tragó saliva y soltó el cuchillo. ¿Bendecir la mesa? Hacía años que no oía una oración.

—Oh... claro. Se me olvidaba —cuando todos se agarraron de las manos, dijo rápidamente—. Señor, gracias por los alimentos que vamos a tomar y por la familia reunida ante ellos. Amén.

Levantó los ojos para mirar a Claire y ella le sonrió y asintió.

—Bueno, ¿quién empieza este año? —preguntó Hank.

Demonios, ¿qué era aquello? ¿Otra tradición? ¿Es que no podían simplemente ponerse a comer?

—¡Yo! ¡Yo! —gritó Sarah.

—Bueno, bichito, ¿por qué vas a dar las gracias? —preguntó su padre.

—Por el pony que me vas a regalar en Navidad —dijo la niña alegremente. Todos rieron.

—De acuerdo, cariño, aunque eso es un poco prematuro —sonrió Hank—. ¿A quién le toca ahora?

—Doy las gracias por mi familia y por su nuevo miembro. Bienvenido a la familia, Jake —dijo Alex.

—Gracias —sonrió él.

—Por cierto, puedes trinchar el pavo mientras nosotros seguimos —añadió ella amablemente.

Aliviado por tener algo que hacer, Jake volvió a agarrar el cuchillo y comenzó a trinchar el asado, mientras Hank decía:

—Doy las gracias por mi familia y por mi trabajo.

Claire fue la siguiente:

—Doy las gracias por mi marido y por haber encontrado un buen trabajo.

Jake la miró, Una profunda comprensión

emanaba de los ojos de Claire. ¿Era aquello amor, o solo gratitud?

—Tu turno, tío Jake —dijo J.J.

Jake se dio cuenta de que se había perdido la acción de gracias de la mitad de la mesa.

—Doy las gracias por haber encontrado a Claire, que ha dado un nuevo significado a mi vida, y por haberme convertido en miembro de esta maravillosa familia.

En cuanto acabó, todos se abalanzaron sobre la comida, salvo Claire y él, que se miraron en silencio, haciéndose preguntas que aún no habían respondido.

Mientras Travis contaba una historia sobre su infancia, Jake se deslizó en el sofá y tomó en brazos a Sarah. La pequeña balbució y volvió a dormirse.

—Voy a llevarla a la cama —dijo Claire en voz baja.

—No, déjala.

Jake no quería perturbar el ambiente familiar que reinaba en la habitación. Después de la cena, todo el clan se había reunido en el salón. Claire estaba sentada junto a Jake en el sofá.

¿Qué había hecho él para merecer el cariño y la confianza de aquella gente? ¿Qué dirían los Eden si se enteraban de que se había casado con Claire solo para tener un hijo? Ahora comprendía por qué Claire necesitaba convencer a su familia de que estaban enamorados. No quería perder su respeto. No quería que la excluyeran de aquel círculo de amor.

Jake deseó ser exactamente el que ellos creían: un hombre honesto, un cuñado de confianza, un amante esposo. Esto último era lo más difícil... o quizá lo más fácil.

Una vez, ella le había preguntado qué haría si no se quedaba embarazada y él no había sabido qué contestar. Ahora lo sabía. No le importaba si no tenían hijos. Dejaría el Bar Hanging Seven a sus sobrinos, aunque no llevaran el apellido Anderson. Lo único que quería era que Claire se quedara con él para siempre.

¿Significaba eso que la amaba? Estaba casi seguro de que sí. Sin embargo, él había amado a su madre, y su madre se había ido. Había creído amar a Melissa, y ella lo había abandonado.

¿Le bastaría a Claire con su amor, o ella también acabaría dejándolo?

Capítulo 10

A señora Warren estrechó vigorosamente la mano de Claire. Estaban en el aparcamiento de La tienda de Pawnee.

—Ha sido un placer, señora Anderson: Espero que, ahora, Jake pase más tiempo en el rancho.

—Yo también me alegro de conocerla, señora Warren —respondió Claire.

Cuando la mujer de mediana edad se alejó, Alex dijo:

—Parece que Jake está orgulloso de su mujer. Es la séptima persona que se presenta en media hora. Debe de haber ido hablando de ti por toda la ciudad.

Claire abrió la puerta trasera del coche. Le resultaba difícil imaginar a Jacob Anderson diciéndole a todo el mundo que se había casado. Pero la imagen que tenía de él

había cambiado mucho en el mes que llevaban casados y, sobre todo, en los últimos
días.

—¿Dónde están él y los niños, por cierto?
—preguntó—. No sé por qué ha insistido en
venir. ¿Es que los hombres creen que a las
mujeres nos falta el gen de la conducción?

—¡Mira, ahí vienen! —dijo Alex.

Claire dejó en el coche la bolsa donde había guardado la prueba de embarazo y vio
que su marido bajaba por la calle acompañado de los niños. Al verlas, Matt echó a correr hacia su madre.

—¡Mamá, mira! El tío Jake nos ha comprado botas nuevas a todos —exclamó, le-
vantando un pie para enseñar una bota de
color azul brillante. Las botas de Sarah eran
rojas con dibujos de copos de nieve y las de
J.J. completamente marrones.

—Dios mío, botas nuevas —exclamó
Alex—. ¿Es que ya es Navidad?

Sarah sacudió la cabeza enfáticamente.

—El tío Jake dijo que nos regalará más
cosas en Navidad.

—El tío Jake dice que podemos comprar-
nos todas las botas que queramos —dijo J.J.

Alarmada, Claire miró a su marido. Él
sonreía, encantado por haber complacido a
los niños.

¿Qué le pasaba? ¿Es que no podía aprender nada? Claire creía haberle enseñado que el cariño no podía comprarse. Podía engatusar a los niños, pero no a Hank, ni a Travis, ni a Alex.

—Son regalos muy bonitos —dijo Alex—. ¿Le habéis dado las gracias al tío Jake?

—Muchas veces —dijo Jake, sonriendo.

Pero los niños se abalanzaron sobre él para abrazarlo otra vez.

—Lo siento —le dijo Claire a Alex en voz baja.

—¿Por qué? —preguntó Alex, sorprendida.

Claire sacudió la cabeza y subió al coche. Si Alex todavía no se había dado cuenta de cómo era Jake, ella no la sacaría del error. Mientras se abrochaba el cinturón de seguridad, pensó en las implicaciones de la acción de Jake. Si no había aprendido que no podía comprar el amor, ¿cómo aprendería a darlo?

Con el corazón en un puño, Claire miró la prueba de embarazo. Una cruz azul significaba que el resultado era positivo. En el indicador había una cruz azul. Estaba embarazada.

Una sonrisa de alivio iluminó su cara.

—¿Y bien? —preguntó Alex desde la

puerta del cuarto de baño.

Claire le enseñó la prueba.

—Oh, Claire. ¡Es maravilloso! —gritó Alex, abrazándola.

A Claire se le llenaron los ojos de lágrimas.

—Ahora debes ir al médico cuanto antes —continuó Alex—. Los cuidados prenatales son muy...

—Claire, ¿estás ahí? —se oyó la voz de Jake desde el dormitorio.

—¡Estamos aquí, Jake! —gritó Alex. Luego, le dijo a Claire en voz baja—. Ahí está el orgulloso papá. Me encantaría ver la cara que va a poner, pero creo que es mejor que se lo digas a solas.

Cuando Alex se fue, Claire se apoyó en el lavabo de porcelana. Un segundo después, Jake apareció en la puerta del cuarto de baño.

—¿Qué haces aquí escondida?

Claire lo observó un momento. No sabía cómo iba a reaccionar. Estaba embarazada. Lo habían conseguido. Pero, ¿qué haría él después?

Respirando hondo, Claire le enseñó la prueba. Él la tomó, sorprendido. Luego, la miró a los ojos.

—¿Significa esto que...?

—Que estoy embarazada —dijo ella.

Con el rostro iluminado por la alegría, Jake la levantó en brazos y dio varias vueltas sobre sí mismo. Cuando por fin la dejó en el suelo, murmuró:

—Esto requiere una copa de champán.

—Yo no puedo. Ahora bebo por dos —dijo ella, sonriendo.

Jake tomó su cara entre las manos, como si fuera una joya preciosa y rara. Y eso era. Cuando se quedaron encerrados en el ascensor, Jake no hubiera podido imaginar que aquella mujer llevaría tanta felicidad a su vida. Se sentía como un hombre nuevo.

—¿Estás contento? —le preguntó Claire.

—¿Es que no se nota? —rio él.

—Ahora por fin vas a tener a tu heredero.

Aquellas palabras fueron como un mazazo para Jake. Aunque le había pedido que se casara con él para tener un heredero, no había vuelto a pensar en ello en los últimos días.

—No, no es por eso por lo que estoy contento, sino porque tú y yo, juntos, hemos creado una nueva vida. Siempre conservaré una parte de ti en nuestro hijo, ocurra lo que ocurra.

—¿Realmente sientes así? —preguntó Claire, acariciándole la mejilla.

—Sí.

Ella sonrió, temblorosa.

—Bueno, Jacob Anderson, eso parece amor. Pensaba que no creías en el amor.

—Yo también —rio él—. Pero quizás esté cambiando de opinión... —la estrechó entre sus brazos—. Me apetece hacer algo por ti. Comprarte algo extravagante. ¿Qué quier..?

—No —Claire le puso un dedo sobre los labios—. No estropees este momento hablando de dinero. No quiero nada. Solo a ti. ¿Cuándo vas a entenderlo? Solo quiero que estés ahí cuando te necesite.

—¿Me necesitas, cariño? Hace una semana me dijiste que no querías necesitarme.

Claire bajó los ojos y luego volvió a mirarlo.

—Lo sé, pero entre intentarlo y conseguirlo, hay un trecho.

Él pareció aliviado. Las palabras de Claire habían sonado casi como una declaración de amor. Se inclinó de nuevo para besarla, pero ella lo detuvo.

—Quizá sea mejor que te advierta de lo que quiero, por si acaso —añadió—. Quiero que estés conmigo cuando te necesite y que te retires cuando no te necesite. ¿Podrás hacerlo?

—Sí, lo haré —prometió, antes de volver a besarla.

—Te lo prohibo terminantemente.

Boquiabierta, Claire observó la expresión implacable de su marido. Jake estaba en medio de la puerta del establo de Scarlet.

—¿Me prohibes que salga a montar con mis sobrinos?

—Eso es.

Claire no podía creerlo. ¿Era aquel el mismo hombre que el día anterior le había prometido respetar su independencia?

—Saldré a montar cuando me apetezca.

—Le he dicho a Ray que cierre la cuadra. No puedes salir —dijo Jake, con las botas plantadas en el polvo y los brazos cruzados—. En tu estado, no podemos correr el riesgo de que te caigas del caballo.

—De modo que es eso. Como estoy embarazada, crees que vas a poder mantenerme en una jaula los próximos nueve meses. Bueno, pues te diré algo: no voy a permitirlo. Yo...

J.J. apareció detrás de Jake. Matt se unió a él unos segundos después. Claire miró a su marido y, luego, sonrió a sus sobrinos.

—¿Habéis ensillado los caballos?

Los niños asintieron.

—La tía Claire no puede acompañaros —les dijo Jake.

—Oh, sí que puedo.

—¿Está mala? —preguntó Matt.

—No exactamente —dijo Jake—. Está esperando un bebé y no puede montar.

—¡Claro que puedo!

Los niños la observaron como si fuera un animal exótico en una jaula del zoo.

—¿Como mamá? —preguntó J.J.

—Exactamente —dijo Jake.

Los niños asintieron como si lo entendieran perfectamente.

—Yo iré con vosotros —añadió Jake—. Salid fuera un momento y ayudad a Ray, por favor.

—Esperad un momento —exclamó Claire—. Yo os llevaré a dar un paseo, diga lo que diga el tío Jake.

—No, tía Claire. No puedes montar hasta que tengas el bebé —dijo J.J.

Matt asintió y J.J. le tiró de la manga para llevárselo de allí. Claire miró furiosa a su marido.

—Estás enseñando a esos niños a ser tan dominantes como tú. Las embarazadas no somos inválidas.

—No he dicho que seas una inválida, cariño. Pero no quiero que te ocurra nada.

—Querrás decir que no quieres que le ocurra nada al niño —dijo Claire, sin mucha convicción, al ver el miedo reflejado en los ojos de Jake.

—Ni al niño, ni a ti. Hank me ha dicho

que tu madre perdió dos hijos en accidentes de caballo.

—Pero...

—No hay pero que valga. No vas a montar hasta que des a luz, y se acabó.

—De acuerdo, Jake —siseó Claire, apartándose de él—. Quieres que te quiera, pero no me lo pones fácil.

—Claire... —él la agarró, pero ella se soltó y salió del establo.

Se dirigió hacia el corral, donde Travis y Hank estaban entrenando con los caballos. Hank estaba sentado en la empalizada, de espaldas a ella. Claire se fue directamente hacia él y le tiró de los bolsillos traseros de los vaqueros.

—¡Ooooohhhhh! —Hank resbaló hacia atrás, pero, para disgusto de Claire, cayó de pie —. ¿Qué haces?

—Le has dicho a Jake que no me deje montar, ¿verdad?

—Claro que no —él recogió su sombrero y volvié a ponérselo—. Solo le conté lo que le pasó a mamá.

—Es lo mismo.

—¿Quieres perder a tu hijo?

—Claro que no, pero soy una buena amazona y...

—Mamá también lo era —dijo él—. Pero los accidentes ocurren. Además, hace mucho que no montas.

Eso no podía negarlo.

—Así es que, ¿no podré montar en los próximos nueve meses?

—Alex no lo hace —respondió Hank.

—Porque tú no la dejas.

—No monta porque yo se lo he pedido y porque desea proteger la vida del hijo que lleva dentro.

Claire alzó la barbilla. Odiaba admitir que su hermano tenía razón.

—A mí también me importa mi hijo.

—Lo sé —dijo Hank, conciliador.

Claire se encaramó a la empalizada. Tal vez, si conseguía entender a su hermano, sabría por qué reaccionaba así Jake.

—¿Por qué eres tan protector, Hank? Sobre todo, con Alex. No puede ni respirar sin que le digas cómo.

—Alex es la niña de mis ojos. Si algo le ocurriera, me moriría.

—Así es que, lo haces por amor —murmuró ella.

—Pues claro —sonrió él—. Dale una oportunidad a Jake, Claire. Él parece quererte tanto como yo a Alex. Vas a tener un hijo suyo. Hace bien en preocuparse por ti.

En ese instante, Claire comprendió qué es lo que ella quería de su matrimonio. Quería ser tan necesaria para Jake como

Alex lo era para Hank. De pronto, se dio cuenta de que lo amaba. A pesar de su carácter arrogante y tozudo, se había enamorado de él.

—¿Te encuentras bien? —preguntó Jake, tomando a Claire de la mano mientras conducía el jeep.

Ella apartó los ojos de las montañas que se recortaban en el horizonte. Volvían a Denver, después de dejar a los Eden en el aeropuerto.

—Sí —dijo Claire—. ¿Por qué?

—Estás muy callada.

—Solo pensaba.

—¿En qué?

—En que nunca hemos hablado de cuántos hijos queremos tener. ¿Tú lo has pensado?

—¿Podrás tener más? —preguntó él.

—Creo que sí. La doctora Freeman dice que, en la mayoría de los casos, el embarazo hace desaparecer la endometriosis. Podré tener cuantos hijos quiera.

—¿Y cuántos quieres? —preguntó él.

—No lo sé.

Después de un momento de silencio, Jake dijo:

—Creo que deberíamos tener más de

uno. Yo fui hijo único y fue muy triste.

Claire recordó lo que el capataz le había contado sobre la infancia de Jake. Tal vez por eso era tan protector. Quizás ahora que tenía una familia, no quería perderla.

—De acuerdo, tendremos al menos dos. Luego, ya veremos. ¿Con cuánto tiempo de diferencia?

—No lo sé —dijo él, encogiéndose de hombros—. Es mejor que se lleven poco, ¿no?

—Sí —sonrió ella—. No quiero que mis hijos se lleven tanto tiempo como mis hermanos y yo. Hank es catorce años mayor que yo. Para mí, era más como un padre que como un hermano.

—Creo que los niños de Hank y Alex se llevan el tiempo justo. Así pueden jugar juntos.

—Sí, Alex lo ha hecho muy bien.

—Según Hank, Alex siempre hace lo que quiere.

—Ahora que lo pienso, tienes razón. Mi hermano no debe de ser tan déspota como siempre he creído.

—¿Aunque sea un vaquero?

—Aunque sea un vaquero. Pero estoy empezando a creer que los vaqueros no son tan malos —sonrió Claire—. Especialmente, uno.

Capítulo 11

AL despertarse al día siguiente, Claire sintió una náusea. Apenas le dio tiempo a llegar al cuarto de baño. Un momento después, sintió las fuertes manos de Jake sobre sus hombros.

—¿Qué te pasa? —preguntó Jake—. ¿Estás mareada?

—Eso parece —dijo Claire, con cara de pocos amigos.

Jake no contestó, se limitó a sujetarla. Mojó una toalla con agua fría, la escurrió y se la puso en la frente.

—Todo esto es por culpa tuya —dijo ella débilmente, aunque el frescor de la toalla húmeda le sentó bien.

—Lo sé —dijo él con calma—. Lo siento.

—Si no me contestas, no tiene gracia —respondié ella, irritada.

—No voy a discutir contigo. Es verdad

que es culpa mía que estés embarazada. No quiero que sufras por tener a mi hijo.

—Nuestro hijo.

—Nuestro hijo —se corrigió él—. Si pudiera, me marearía por ti.

—Eso es muy fácil de decir —se quejó ella—. Apuesto a que todos los hombres dicen lo mismo.

—Ya veo que te encuentras mejor —sonrió él—. ¿Quieres que te traiga algo que te asiente el estómago?

Claire suspiró y se apoyó contra la pared.

—Unos pastelitos me sentarían bien.

—Veré qué tenemos.

—Solo hay galletitas saladas —dijo ella.

—Si no tenemos, iré a comprarlos.

—Sí, claro. ¿A las seis de la mañana? Seguro que ni siquiera sabes dónde hay una pastelería y además... —se interrumpió cuando Jake la levantó en brazos—. Puedo andar sola, ¿sabes?

—A mí me parece que no —dijo él, mientras la llevaba a la cama—. ¿Por qué no te quedas en casa hoy?

—Oh, no —ella se puso de pie bruscamente y volvió a sentir un mareo. Cuando se recuperó, miró a Jake con el ceño fruncido—. No me trates como a una inválida solo porque estoy embarazada. ¿Qué pensarían mis empleados? Me encontraré bien en cuanto me coma esos pastelitos.

—Está bien. Volveré en seguida —Jake se detuvo en la puerta y la miró—. ¿Vas a estar así de intratable todo el embarazo?

—Si quiero, sí —contestó ella, sin poder evitar una sonrisa—. No hay razón para que sufra yo sola. Estamos juntos en esto, ¿no?

El volvió junto a ella en un par de zancadas y le dio un beso fuerte en la frente.

—Para siempre.

—No mires.

—Solo me estaba rascando la nariz —dijo Claire, apartando la mano de la banda de seda que le cubría los ojos—. Me gustaría que me dijeras de qué va todo esto.

—Ya lo verás.

Jake parecía un niño con zapatos nuevos, lo que a Claire le preocupaba. Solía comportarse así cuando le había comprado algo muy caro.

—Pensaba que íbamos a comer —se quejó ella.

—Y vamos, pero a un sitio muy especial. Ya casi hemos llegado.

Dos minutos después, él paró el motor.

—¿Estás preparada?

—Pues claro que... —Claire se interrumpió cuando él le quitó la banda de los ojos.

Frente a ellos había una casa de ladrillo de dos pisos. El cartel de «Se Vende» del jardín delantero había sido tachado con otro que decía «Vendida». A Claire le dio un vuelco el corazón.

—¿Te gusta? —preguntó él, entusiasmado.

—¿La has comprado? —dijo ella, confiando en que: él dijera que no.

—Sí. Vamos. Quiero enseñártela por dentro — Jake abrió la puerta del coche, pero ella no salió.

—¿Por qué lo has hecho?

—No podemos vivir en el ático si tenemos hijos. La terraza es muy peligrosa.

—Sí, pero no me habías dicho que pensabas comprar una casa. ¿No crees que me hubiera gustado saber dónde vamos a vivir?

Él pareció verdaderamente confuso.

—Hablamos de ello la segunda noche después de volver. Te dije que iba a buscar casa porque tú estabas demasiado ocupada. Tú me dijiste que adelante.

Claire recordó vagamente que él le había dicho algo una noche, después de hacer el amor.

—Estaba medio dormida. Creía que te referías a que mirarías algunas casas y luego decidiríamos juntos.

—Lo habría hecho, pero tuve que actuar rápidamente. Había otros compradores interesados —dijo él, preocupado—. Es perfecta, Claire. Está a solo diez minutos de la oficina y, aunque el jardín no es muy grande, es suficiente para que jueguen los niños —hizo una pausa—. Quería darte una sorpresa. Lo siento. Pensé que... ¿Quieres que cancele el contrato?

—Eso costaría mucho dinero, ¿no? —preguntó ella, con el ceño fruncido.

—Unos cuantos miles de dólares. No hay problema. Pero, ¿por qué no le echas antes un vistazo?

Por unos cuantos miles de dólares, claro que le echaría un vistazo. Así es que, se bajó del coche.

Le encantó la casa en cuanto entró en ella. Las habitaciones eran muy grandes, pero tenían un aire acogedor muy diferente a la fría formalidad del ático. Las paredes estaban pintadas en colores cálidos y la moqueta era gruesa y mullida.

Jake no dijo nada hasta que llegaron al comedor. En el suelo había extendido un mantel de brocado blanco. Un suntuoso almuerzo, con candelabros y cubiertos de plata, les esperaba.

—Pensaba que íbamos a celebrarlo... —dijo él.

—Vamos al piso de arriba —replicó ella, dándose la vuelta.

Con una sonrisa, Jake la guió escaleras arriba.

—Tengo una sorpresa. He decorado una habitación.

—Déjame adivinar. Has comprado una cama enorme para que bauticemos la casa.

— No, no es eso. Es la...abrió una puerta—... la habitación del bebé.

Claire se estremeció. Azul. La había pintado en un azul muy suave. Con el corazón acelerado y los ojos como platos, entró en el cuarto y miró a su alrededor. Había una cuna de madera blanca, una mesa para cambiar los pañales con una bañera de bebés y un rincón muy coqueto con una mecedora y estanterías llenas de libros infantiles. Pero lo más sorprendente eran los motivos de la cenefa que recorría la pared a la altura de la cintura: pequeños vaqueros con sombrero, pañales y botas montados en ponys diminutos. El mismo motivo decoraba las fundas de la almohada, la colcha y los cojines.

—Bueno, ¿qué te parece? —preguntó Jake.

—Has trabajado duro, ¿no? —dijo Claire, con los ojos llenos de lágrimas.

—Bueno, he tenido un poco de ayuda. Afortunadamente, encontré un decorador que...

—No solo has decidido dónde vamos a

vivir, sino que también has decidido el sexo de nuestro hijo —estalló ella, lanzándole una mirada glacial.

—¿Qué?

—Es azul, Jake. El azul es el color de los varones —respondió ella, señalando a su alrededor.

—¿De veras?

—Oh, vamos. Todo el mundo lo sabe.

—Yo no. ¿Por qué iba a saberlo? Yo nunca he estado con niños, ni con gente que los tuviera. Nunca he prestado atención a esas cosas... Pero, ahora que lo dices, el decorador me preguntó de qué color quería la pintura. Cuando le dije que azul, me felicitó.

—¿Te das cuenta de lo que has hecho? —dijo Claire con voz temblorosa—. Hemos vuelto al punto de partida.

—No digas eso, Claire. Te juro que creía que estaba ayudando —dijo él, tomándola de las manos.

—Deberías saber que no quiero que se me excluya de ninguna decisión que me afecte.

—Por favor, déjame que te lo explique. Tú trabajas mucho y te encuentras mal. Me sentía impotente porque no podía hacer nada por ti. Esto era algo que había que hacer y que yo podía hacer. Pensé que te gustaría. Di que me perdonas, Claire. Di que me dejarás ayudarte. No puedes hacerlo todo tú sola.

Claire recordó el voto que se había hecho a sí misma en el rancho. Había prometido no rechazarlo como había hecho su padre, no acusarlo de querer controlar todos sus movimientos. Pero no estaba manteniendo su promesa. Quería que él la amara, que la necesitara, así es que tenía que enseñarle a hacerlo. Debía tener paciencia.

—Lo que has hecho ha estado muy mal —dijo, por fin, abrazándolo.

—¿Me perdonas? Te prometo que no compraré más casas sin pedirte permiso...

—No. Lo que quiero que me prometas es que vas a contar conmigo en cualquier decisión que nos concierna a mí o al bebé.

—Lo prometo —él la estrechó contra sí y la besó.

—Aunque suene contradictorio, necesito que me ayudes, Jake —suspiró ella—. Te necesito a ti.

—Yo también te necesito, ángel —dijo él, mirándola intensamente.

—¿De verdad, Jake?

—Más que a nada en el mundo —respondió Jake, inclinándose para besarla.

A Claire se le escapó una lágrima. Un progreso, al fin.

La señora Hamby, la secretaria, señaló la puerta del despacho de Claire.

—Está dormida —dijo.

Jake se alarmó.

—¿Qué le ocurre? ¿Se encuentra mal?

—No —sonrió la mujer—. Es normal que, durante los primeros cuatro meses de embarazo, se tenga mucho sueño.

Jake abrió despacio la puerta. Claire tenía la cabeza apoyada sobre los brazos, encima del escritorio.

—Puede irse a casa, señora Hamby. Yo cuidaré de ella.

Entró en el despacho y tocó suavemente a Claire en el hombro.

—Cinco minutos más —murmuró ella.

Jake frunció el ceño, preocupado. Claire trabajaba demasiado. Necesitaba ayuda. Jim Gordon podría encargarse de algunos asuntos del despacho. Pero, ¿quién la ayudaría en casa?

Iban a necesitar una niñera. A Jake se le ocurrió que podría encargarse de contratarla. Sí, esa era la solución perfecta. Claire le había pedido que la ayudara, y eso iba a hacer. Contrataría a la niñera y se lo presentaría como un hecho consumado. Sin embargo, sintió una punzada de remordimiento al recordar su reacción respecto a la casa. No podía contratar a nadie sin que ella le diera el visto bueno. Entrevistaría a algunas niñeras, elegiría a varias y dejaría que ella tomara la decisión final. Así, Claire se sentiría satisfecha.

Los números volvieron a aparecer ante sus ojos. Por enésima vez desde el almuerzo, Claire tuvo que cerrar los ojos. No podía quitarse de la cabeza las cuentas de la empresa. Y no solo era por la fatiga del embarazo. Aquellos números no significaban nada para ella, porque no iban unidos a personas.

Se levantó de la silla y se desperezó, mirando por la ventana. Hacía varios días que quería hablar con Jake sobre el trabajo. ¿Qué diría él si le decía que quería dejarlo? Quería volver a Whitaker, donde trabajaba con personas de carne y hueso.

Además, ya no necesitaba el dinero para la inseminación artificial. Y no necesitaba el dinero para nada más. No había tocado su cuenta corriente desde que se había casado, salvo para pagar el alquiler de su antiguo apartamento. No es que no pudiera con el trabajo. Solo que no lo encontraba interesante. Sencillamente, no quería seguir.

En el último mes había comprendido que la independencia no significaba ganar mucho dinero, sino tener la libertad de hacer el trabajo que le gustaba. Y casarse con Jake le había proporcionado esa independencia.

Ademas, Jim Gordon era muy capaz de dirigir el departamento. No, Jake no la necesitaba en aquel puesto, sino en un sentido mucho mas íntimo. Sonrió al recordar aquella mañana. Desde que estaba embarazada, él parecía necesitarla aún más que antes. Habían tenido algunas discusiones, pero Claire estaba muy a gusto con él. Lo amaba y lo necesitaba cada día más.

Necesidad. Usaba mucho esa palabra últimamente. Siempre había creído que quería independencia, pero ahora comprendía que no era así. Lo que quería era que la necesitaran. Incluso cuando se enfadaba porque Jake hacía algo sin consultarla, no era por salvaguardar su independencia, sino porque quería que la necesitara para tomar decisiones.

Claire suspiró y volvió a mirar la pantalla del ordenador, donde le esperaba la revisión de los archivos fiscales. ¡Qué perdida de tiempo! Jim ya le había asegurado que todo estaba al corriente. Allí no la necesitaban. Pero en Whitaker, sí.

De modo que, ¿por qué no decírselo a Jake? Volver a su antiguo trabajo tenía muchas ventajas. Podría pedirle al señor

Whitaker que le asignara unos pocos clientes y, así, tendría más tiempo para estar con su hijo. Jake lo aprobaría.

Sí, lo mejor sería volver a su antigua empresa. Pero, primero, debía hablar con el señor Whitaker. Tomando el abrigo y el bolso, salió del despacho.

—Señora Hamby, me tomo la tarde libre. Cuando venga mi marido a recogerme esta tarde, dígale que he tomado un taxi para ir a casa.

—¿No quiere que lo llame ahora?

—No, se preocuparía. Dígale que estoy bien y que lo veré a la hora de la cena.

Claire bostezó mientras abría la puerta del ático. Había tenido una charla estupenda con su antiguo jefe. El señor Whitaker casi le había rogado que volviera.

Cuando se dirigía al dormitorio, la señora Sánchez salió de la cocina.

—Ah, es usted, señora Anderson. Pensaba que me había dejado la puerta abierta y que había entrado otra de esas señoras.

—¿Señoras? ¿Qué señoras?

—A las que está entrevistando el señor Anderson.

Claire se quedó helada.

—¿Entrevistando? ¿Jake está en casa?

—Sí, señora. Lleva aquí toda la tarde.

—Ya veo. ¿Y sabe usted para qué está entrevistando a esas señoras?

La señora Sánchez pareció alarmarse.

—Pues para ser la niñera. Para el bebé. Pensaba que usted lo sabía.

A Claire se le cayó el bolso de las manos.

—No, no lo sabía. ¿Está mi marido en el estudio?

—Sí, señora. Oh, Dios mío. No debería habérselo dicho...

—No, señora Sánchez. No se preocupe. Puede volver a la cocina.

La señora Sánchez desapareció.

Una niñera. Jake iba a contratar una niñera.

Incapaz de creer que fuera capaz de hacerle aquello después de jurar que la consultaría antes de tomar cualquier decisión, Claire caminó sigilosamente hacia el estudio. La puerta estaba entreabierta. Las palabras que oyó confirmaron sus temores. Una vez más, él no la había tenido en cuenta. ¿Cómo podía hacerle aquello? ¿Es que no sabía cuál sería su reacción? Por supuesto que lo sabía. Pero no le importaba.

Claire sintió una punzada de dolor. Jake no la necesitaba. Podía reemplazarla con su dinero. La estaba reemplazando en esos momentos. Se apoyó en la pared con las piernas temblorosas. ¿Por qué hacía aquello? ¿Cómo podía rechazar así su amor? Seguramente, no confiaba en Claire y quería asegurarse de que su hijo estaría bien cuidado. Por eso contrataba él mismo a una niñera.

Se le llenaron los ojos de lágrimas, pero las reprimió. Debía entrar en el estudio y decirle a Jake lo que— pensaba de su traición. Pero, ¿cuántas veces habían tenido aquella misma conversación? Él no había comprendido nada. ¿Por qué iba a hacerlo ahora?

Aturdida, Claire recorrió tambaleándose el pasillo y salió del ático.

Al acompañar a la niñera hasta la puerta, Jake vio el bolso de Claire en el suelo del vestíbulo. Después de despedirse de la mujer, se quedó mirándolo con el ceño fruncido y un mal presentimiento.

—¡Señora Sánchez! —agarró el bolso y fue corriendo al dormitorio. ¿Estaría Claire enferma? ¿Lo necesitaba? ¿Por qué no había entrado en el estudio? Se quedó parado en medio de la habitación. De pronto, lo comprendió todo. Claire había llegado a casa justo cuando estaba entrevistando a la niñera.

Lanzó una maldición. No eran ni las cinco de la tarde. ¿Qué hacía Claire en casa tan temprano? Nunca se marchaba de la oficina antes de las seis.

—¿Señor Anderson? —la señora Sánchez apareció en la puerta—. ¿Me llamaba?

—Mi mujer ha venido, ¿no?

—Sí, señor. Se enfadó cuando le dije que estaba usted haciendo entrevistas. Lo siento, señor.

—Está bien, señora Sánchez. No es culpa suya, sino mía.

—Entonces, ¿se ha marchado, señor?

Jake sintió que se le paraba el corazón y recordó las palabras de su padre: «Se ha ido, hijo. Compórtate como un hombre». ¡Al diablo!

No iba a permitir que Claire lo abandonara. Había cometido otro error. No era el primero, ni probablemente sería el último, pero ella lo amaba. Él lo sabía. Así es que, ¿por qué no confiaba en él? ¿Por qué no creía que él también la quería y que solo deseaba lo mejor para ella? De pronto, se dio cuenta de que aquello era cierto. La quería. No tenía ninguna duda. En algún momento, sin darse cuenta, había aprendido a amar.

—Supongo que no tiene ni idea de adónde ha ido —le dijo Jake a la señora Sánchez.

—Ni siquiera sabía que se había marchado. ¿A la oficina, tal vez?

—Lo más probable es que no, pero llamaré. No se preocupe. La encontraré.

Jake volvió al estudio. Al mirar por la ventana, vio que caía una tupida nevada. ¿Dónde podía estar Claire con aquel tiempo? Y sin dinero, puesto que se había dejado el bolso.

Tenía que encontrarla enseguida. No podía perderla, ahora que había descubierto que la quería.

Capítulo 12

A LAS tres de la madrugada, Jake paró el motor del coche frente al antiguo apartamento de Claire. Durante las últimas diez horas había intentado espantar su angustia con intentos frenéticos de encontrarla. Pero hasta que no había visto las llaves del apartamento en el bolso, no había descubierto adónde había ido ella.

Claire tenía que explicarle muchas cosas. ¿Por qué seguía pagando el alquiler de aquella casa, si no porque no esperaba que su matrimonio durara, ni estaba realmente comprometida con él, ni lo amaba?

Miró la fachada de la casa. No había ninguna luz encendida, ni se movían las cortinas. Pero estaba seguro de que la encontraría allí.

El dolor que sentía le oprimía el pecho, dificultándole la respiración. Habían vuelto a abandonarlo. Estaba solo, de nuevo.

Tomó las llaves del bolso de Claire y abrió la puerta del coche. No quería quedarse allí sentando, compadeciéndose. Quizá todavía podría convencerla de que se quedara con él. Haría cualquier cosa para que volviera a creer en él.

Atravesó la acera cubierta por una gruesa capa de nieve y entró en el apartamento. Lo recibió un cálido aroma a vainilla que le recordó los días anteriores a su boda.

Había creído entender la necesidad de independencia de Claire, pero ahora se daba cuenta de que la había subestimado. Rezaba para que su error no le costara perder la única felicidad que había conocido. Pero su esperanza fue desvaneciéndose a medida que inspeccionó las habitaciones de la planta baja. El apartamento apenas había cambiado. Todos los muebles estaban en su sitio. Las fotografías familiares seguían colgando de las paredes. Incluso había comida en el frigorífico. Parecía el apartamento de alguien que se hubiera tomado unas largas vacaciones.

Al fin, encontró a Claire en el piso de arriba, tumbada sobre su cama. Encendió la lámpara y se sentó a su lado. Ella parecía exhausta. En sus mejillas quedaba un rastro de lágrimas secas.

Jake la zarandeó suavemente. Ella se quejó y balbució:

—Cinco minutos más...

Él sonrió tristemente. Se quitó la chaqueta, la corbata y los zapatos y se tumbó junto a ella, estrechándola delicadamente entre sus brazos. Ella musitó su nombre en sueños. Un rayo de esperanza iluminó el rostro de Jake. La besó ligeramente en los labios, salados por las lágrimas.

—Claire, despierta —dijo despacio—. Vamos, cariño. Tenemos que hablar.

De repente, la expresión de Claire se crispó. Abrió los ojos, echó un rápido vistazo a la habitación y luego miró a Jake.

— ¿Qué haces aquí?

—Tú estás aquí. ¿Adónde iba a ir yo?

Ella intentó apartarse, pero él la retuvo entre sus brazos.

—Vete al infierno.

—Ahí es donde me he pasado toda la noche. Y no me ha gustado —dijo él—. ¿Por qué huiste?

—No he huido. Te he dejado —dijo ella.

—¿Porque quería ayudarte?

—¿Ayudarme? ¿Por qué haces lo que te da la gana y luego dices que quieres ayudarme? Me tratas igual que mis hermanos. Como a una niña.

—Eso no es verdad y lo sabes —insistió él.

—Suéltame.

—¿Me prometes que no te irás?

Una fugaz expresión de dolor cruzó la cara de Claire.

—Es verdad que debemos hablar. Pero como adultos —Jake la soltó y ella se levantó lentamente—. Vamos abajo. Haré café.

Él la siguió, descalzo. Se quedó en el umbral de la cocina y la observó mientras preparaba el café.

—Creía que habías dejado este apartamento.

Claire se quedó callada. Había un claro reproche en el tono de Jake. Tenía derecho a sentirse herido, pero esa no era la cuestión.

—No, no lo he dejado.

—Nunca has pensado en quedarte conmigo, ¿verdad? Lo que ha pasado esta tarde ha sido solo una excusa para hacer lo que planeabas desde el principio... quedarte embarazada y dejarme.

Ella guardó silencio. Aunque él se equivocaba, no iba a pedirle excusas. De pronto, él la abrazó por detrás con tanta fuerza que no pudo desasirse.

—Lo siento. No quería molestarte. De verdad. Casi me vuelvo loco tratando de encontrarte. No sabía adónde podías haber ido...

193

—Vamos, Jake, déjame. Tengo que hacer el café.

—Al diablo con el café.

—No puedo seguir así —dijo ella, con lágrimas en los ojos—, esperando que me quieras, intentando hacer que me quieras.

Él la hizo girarse para mirarla.

—Te quiero.

Claire se estremeció. ¿Cuánto tiempo había esperado escuchar aquellas palabras? Demasiado. Se desasió y se fue al otro extremo de la habitación.

—¿Cómo puedes decir eso? Querías reemplazarme.

—¿Reemplazarte? ¿Qué demonios quieres decir con eso?

—Estabas entrevistando a niñeras. ¿Para qué harías eso si no fuera porque no confías en que yo pueda ocuparme de tu precioso heredero?

—¿Qué quieres decir? Trabajas once o doce horas al día. No tienes tiempo ni para ocuparte de ti misma. Iba a contratar a una niñera para que te ayudara —extendió las manos, suplicante—. Claire, ¿es que no lo entiendes? Te quiero.

Ella se sintió tan triste que tuvo que reprimir un grito de dolor.

—Crees que me quieres, pero no es verdad.

—Sí que te quiero. Lo juro.

—Me quieres con la condición de poder controlarlo todo para que no cometa ningún error —replicó ella—. Por un momento, pensé que podías aprender a amarme, a necesitarme. Pensé que teníamos una oportunidad de construir algo juntos.

—Y la tenemos, pero solo si te quedas conmigo.

—No, Jake. ¿Cómo podemos estar juntos si crees que voy a dejarte? Yo no soy tu padre, ni Melissa.

Él se estremeció y la miró fijamente. De pronto, se dio la vuelta y golpeó la mesa con los puños.

—Oh, Dios, es verdad —dijo—. Nunca he dejado de pensar en eso. Nunca me ha atrevido a entregarme por miedo a que me abandonaran. En el fondo, siempre he creído que tú también me dejarías, como todos los demás —se volvió hacia ella, con el gesto crispado por el dolor—. Quería controlar toda tu vida, pero no porque no confiara en ti, sino porque no confiaba en mí mismo. Nadie me ha querido, ¿sabes? Ni mi padre, ni mi prometida, ni... —se interrumpió, con tal angustia en el rostro que Claire tuvo que reprimirse para no lanzarse en sus brazos—. Cuando me dijiste que no querías enamorarte de mí, me di cuenta de que eso era lo que más deseaba en el mundo. Supe que tenía que conservar tu amor por todos los medios. Quería hacerte ver que era digno de tu amor.

—Y lo eres, Jake —dijo Claire, con los ojos llenos de lágrimas.

Él sacudió la cabeza violentamente.

—Lo he hecho todo mal. Ahora me doy cuenta. Tenía miedo, Claire. Miedo de perderte. Pero te he perdido de todas formas.

Las lágrimas comenzaron a rodar por las mejillas de Claire. Ella comprendía cuánto le estaba costando admitir su miedo. Nunca lo había amado tanto, ni había estado tan orgullosa de él.

—¿Me quieres? —preguntó.

Un rayo de esperanza iluminó la mirada de Jake.

—Más que a mi vida.

—Dijiste que no creías en el amor —dijo ella.

—Fui un estúpido. Quizá hubo un tiempo en que no creía en él, pero ahora ni siquiera me acuerdo, Claire. Te quiero tanto que no sé dónde empiezas tú y dónde acabo yo.

Ella vaciló. Quería creerlo con toda su alma.

—¿Estás seguro de que no es porque voy a tener un hijo tuyo?

—Completamente. Una vez me preguntaste qué pasaría si no te quedabas embarazada, ¿recuerdas? Y, cuando estábamos en el rancho, me di cuenta de que no me importaba. Decidí que, si eso pasaba, dejaría el Bar Hanging Seven a los hijos de Hank. Pero nunca te dejaría marchar.

—Entonces, ¿me quieres? ¿Por qué no me lo dijiste?

—No sabía cómo. No sabía nada sobre el amor, hasta que apareciste tú. Quería estar seguro de lo que sentía.

—¿Y ahora lo estás?

Él asintió.

—Cuando te marchaste esta tarde, lo supe. Cuando Melissa me abandonó, no hice nada para recuperarla. Pero cuanto tú te fuiste, casi me volví loco. Y estoy dispuesto a volverte loca hasta que regreses.

Claire sintió una súbita alegría, pero la refrenó. No. No podía aceptarlo tan fácilmente. Había demasiado en juego.

—Tú eres demasiado dominante y yo no soporto que nadie me controle, Jake. ¿Cómo vamos a vivir juntos?

Él la observó largamente.

—¿Tú me quieres? —preguntó, por fin.

Ella abrió mucho los ojos. Había olvidado ese pequeño detalle. Allí estaba, insistiendo en que él la amara, cuando ni siquiera le había dicho que lo quería.

—Más que a mi vida —respondió.

Él cruzó la habitación, pero ella alargó el brazo para detenerlo.

—No has contestado a mi pregunta.

—¿Cómo no van a vivir juntas dos personas que se aman más que a sus propias vidas? —dijo él sencillamente—. Yo he aprendido mucho desde que entraste en mi vida. He aprendido a abrirme a ti. Hacía mucho tiempo que no dejaba que nadie se me acercara, por miedo a que me hicieran daño. Pero por fin me he dado cuenta de que una mujer que no puede hacerte sufrir, tampoco puede hacerte feliz. Todo merece la pena, si estás a mi lado.

Claire sintió que aquellas palabras daban alas a su corazón. Pero todavía tenía miedo.

—¿Qué ocurrirá si muere nuestro amor?

—No morirá —prometió él—. Al menos, el mío. Lo he esperado demasiado para dejarlo morir.

—Oh, Jake.

Él la estrechó fuertemente entre sus brazos.

—Dicen que los polos opuestos se atraen. Es verdad, en nuestro caso. Seremos felices, aunque yo sea muy dominante y tú odies que te controlen. Haré un esfuerzo extra. Todos cometemos errores, cariño. Yo he cometido uno muy grande. Pero me perdonarás porque me quieres, ¿verdad?

—Sí, te perdono. Yo también he aprendido mucho. Ahora sé que la independencia no me da calor por las noches. No me abraza, ni me besa. Dependo de ti, Jake. Quiero depender de ti. Solo dime que estarás ahí cuando te necesite.

—Y que me retiraré cuando no me necesites, ¿no es eso?

—Solo que estarás ahí —sonrió ella.

Se fundieron en un largo abrazo. Por fin, ella se separó un poco.

—Respecto a la niñera... solo la necesitaremos media jornada —dijo Claire, sonriendo—. El señor Whitaker me ha dicho que puedo trabajar los días que quiera.

—¿El señor Whitaker? ¿De qué estás hablando?

—Ah, por cierto, me despido.

—¿Qué?

—Llevo toda la semana pensando en hablar contigo sobre ello. No me gusta mi trabajo en Pawnee. Quiero tratar con personas, no con acciones. Y tener más tiempo para cuidar a mi hijo.

—¿Estás segura? Pensaba que querías tener un buen sueldo.

—Tu sueldo es más que suficiente para mantener a una familia —dijo ella—. Me he dado cuenta de que tu dinero puede darme la libertad de elegir el trabajo que me gusta —sonrió—. Y Jim Gordon es muy capaz de llevar el departamento. ¿Qué te parece?

Él lo pensó un momento y luego dijo:

—Con una condición...

—¿Cuál?

—Contrataremos a alguien para que se lleve todas tus cosas de aquí mañana mismo.

—Trato hecho —sonrió ella.

—Entonces, acepto tu dimisión —dijo Jake, abrazándola—. Claire, prométeme que no me abandonarás. haga lo que haga. Dime que estaremos juntos en los momentos difíciles. Eso es el amor, ¿no?

—Sí, Jake. Prometo que no te dejaré nunca.

Él la miró. En su mirada azul leyó su futuro y su corazón estuvo a punto de estallar de amor.

—Te quiero, Claire Angela Anderson. Voy a dedicar el resto de mi vida a hacerte feliz.

—Yo también te quiero, Jacob Henry Anderson —dijo ella, con una sonrisa radiante.

—¿Aunque sea un viejo vaquero?

—Nunca pensé que me casaría con un vaquero. Pero quizá no sea tan malo.

—¿Quizá? —bromeó él.

—Quizá sea... —dijo ella, acercando sus labios a los de Jake—... algo maravilloso.